Bianca

MUCHO MÁS QUE PLACER

Heidi Rice

Editado por Harlequin Ibérica.
Una división de HarperCollins Ibérica, S.A.
Núñez de Balboa, 56
28001 Madrid

© 2019 Heidi Rice
© 2020 Harlequin Ibérica, una división de HarperCollins Ibérica, S.A.
Mucho más que placer, n.º 2752 - 8.1.20
Título original: Claiming My Untouched Mistress
Publicada originalmente por Harlequin Enterprises, Ltd.

I.S.B.N.: 978-84-1328-772-0
Depósito legal: M-35809-2019
Impreso en España por: BLACK PRINT
Fecha impresion para Argentina: 6.7.20
Distribuidor exclusivo para España: LOGISTA
Distribuidor para México: Distibuidora Intermex, S.A. de C.V.
Distribuidores para Argentina: Interior, DGP, S.A. Alvarado 2118.
Cap. Fed./Buenos Aires y Gran Buenos Aires, VACCARO HNOS.

Capítulo 1

AL LEER el cartel que colgaba del casino que Dante Allegri tenía en Mónaco, hice lo posible por controlar el pánico que me invadió por dentro. *Bienvenidos a El Infierno.* La iluminación provocaba que la imponente fachada del edificio del siglo XVIII pareciera sacada de un cuento de hadas en una noche en el Mediterráneo, y eso hizo que yo me sintiera todavía más impostora con aquel vestido de segunda mano y los incómodos zapatos de tacón de aguja que mi hermana había encontrado online.

«Por favor, que Dante Allegri no esté en el casino esta noche».

Para prepararme para esa noche, había visto fotos de Allegri y leído un montón de artículos sobre él en el último mes. Él me asustaba como rival, pero me aterrorizaba como mujer.

Allegri era famoso por ser despiadado, y por haberse criado en los suburbios de Nápoles y haber conseguido crear un imperio de casinos, valorado en miles de millones, por Europa y Estados Unidos. Si tuviera que jugar contra él y él descubriera el método que yo había desarrollado, no mostraría ningún tipo de consideración hacia mí.

La brisa proveniente de la marina me hizo estremecer, pero sabía que no era la cálida noche de verano lo que provocaba que sintiera frío en mi interior, sino el temor.

«Deja de estar aquí parada y muévete».

Sujetándome el vestido, subí por las escaleras de mármol hasta la entrada principal, haciendo un esfuerzo por mantener la espalda derecha y la mirada al frente. El cheque de un millón de dólares que le había pedido al prestamista de mi cuñado y que llevaba guardado en el bolso parecía que pesaba varias toneladas.

«Si quiere malgastar el dinero, señorita Trouvé, es su elección, pero, pase lo que pase, mañana vendré a cobrar».

Las palabras de Brutus Severin, el matón de Carsoni, resonaron en mi cabeza y el frío me invadió por dentro.

Esa era mi última oportunidad para liberarnos de las amenazas e intimidaciones, de la posibilidad de perder no solo nuestra casa familiar, sino también nuestra dignidad y el respeto por nosotros mismos. Algo que Jason, el esposo de mi hermana, Jude, nos había robado doce meses antes, después de perder una fortuna en la ruleta de Allegri.

Esa noche, fracasar no era una opción.

Me acerqué al guardia de seguridad que estaba en la entrada y le entregué mi identificación. Recé para que el falsificador de Carsoni hubiera hecho bien el trabajo por el que le habíamos pagado. El guardia asintió y me la devolvió, pero mi sensación de pánico no disminuyó.

¿Y si mi método no funcionaba? ¿O si mis gestos delataban mi jugada más a menudo de lo que yo esperaba? No estaba segura de si había tenido suficiente tiempo para probarlo de manera adecuada, y nunca tuve la oportunidad de probarlo contra jugadores del calibre de Allegri. ¿Cómo sabía que resistiría el escrutinio? Yo era un prodigio en matemáticas, no una jugadora de póquer.

La entrada para las partidas de aquella noche ascendía a un millón de euros. Un millón de euros que yo no podía permitirme perder.

Si Allegri estaba allí y, como hacía algunas veces, decidía jugar y me ganaba, no solo Belle Rivière estaría perdida para siempre, sino que yo le debería a Carsoni un millón de euros extra que no podría devolver. Porque la venta de la propiedad, una vez hipotecada y después de vender el resto de nuestros enseres de valor y la mayor parte de los muebles, solo cubriría el faltante de las pérdidas de Jason y los intereses astronómicos que Carsoni nos estaba cobrando desde la noche en la que Jason había desaparecido.

«Por favor, Dios mío, te lo suplico. No permitas que Allegri esté aquí».

El guardia miró hacia un hombre alto y atractivo que estaba en la entrada de la planta principal. Él se acercó a nosotros.

–Bienvenida a The Inferno, señorita Spencer –dijo el hombre–. Soy Joseph Donnelly, el director del casino. La tenemos apuntada en la lista de jugadores de esta noche –me miró de forma inquisitiva. Era evidente que no estaba acostumbrado a tener a alguien de mi sexo y edad en el torneo exclusivo de póquer de la semana–. ¿Es correcto?

Yo asentí, tratando de asumir mi papel de heredera, algo que nunca fui, aunque mi madre había sido la nieta de un conde francés.

–He oído que el juego en The Inferno es uno de los más exigentes –dije yo–. Confiaba en que Allegri estuviera aquí esta noche –mentí, fingiendo ser una niña rica mimada. Si la vida me había enseñado algo antes de que mi madre muriera, era cómo aparentar seguridad cuando uno sentía lo contrario.

«Las apariencias lo son todo, *ma petite chou*. Si creen que eres uno de ellos, no puedes fallar».

El director del casino sonrió y yo esperé las palabras que deseaba escuchar y que confirmarían que mis investigaciones habían servido para algo y que Dante estaba en Niza esa noche, cenando con la modelo con la que había aparecido durante varias semanas en la prensa rosa.

–Dante está aquí. Estoy seguro de que él disfrutará del reto.

«No. No. No».

Forcé una sonrisa. El mismo tipo de sonrisa que puse en el funeral de mi madre al recibir las condolencias de los periodistas que la habían perseguido durante toda su vida, mientras me enfrentaba al dolor que sentía.

Donnelly me acompañó a la caja para depositar mi dinero. Un dinero que había pedido prestado a un interés del dos mil por ciento. El dinero que no podía permitirme perder.

Repasé todas las posibilidades que tenía. ¿Podía echarme atrás? ¿Inventarme una excusa? ¿Fingir que me encontraba mal? Eso no era mentira, tenía el estómago muy revuelto.

Allegri era uno de los mejores jugadores de póquer del mundo. No solo podía perder todo mi dinero, sino que, si descubría mi método, podría prohibir mi entrada en todos los casinos famosos y jamás tendría la oportunidad de recuperar las pérdidas de Jason.

Sabía que no podía echarme atrás. Había contado con la posibilidad de que Allegri no estuviera allí y había perdido, pero tenía que participar en la partida.

Antes de que pudiera controlar el miedo que sentía por tener que enfrentarme a Allegri, una voz grave me hizo estremecer.

—Joe, Matteo me ha dicho que ya han llegado todos los jugadores.

Me di la vuelta y me encontré cara a cara con el hombre que había invadido mis sueños durante meses, desde que comencé a trabajar en mi plan para liberar a mi familia de la deuda. Para mi sorpresa, Allegri era incluso más alto, más fuerte y más devastadoramente atractivo en persona de lo que había visto en los blogs y en las revistas.

Sabía que solo tenía treinta años, pero las marcadas facciones de su rostro y su potente musculatura contenida bajo la tela del esmoquin dejaban claro que la dulzura y la inexperiencia de la juventud, si es que alguna vez había sido joven o dulce, habían desaparecido hacía mucho tiempo. Todo en él exudaba poder y seguridad. También una arrogancia sobrecogedora.

Posó la mirada de sus ojos azules sobre mi rostro y arqueó una ceja. Después me miró de arriba abajo y me dio la sensación de que el provocativo vestido que llevaba se había vuelto transparente a la vez que me oprimía el pecho sin dejarme respirar, como si la fina tela se hubiese convertido en hierro y se ajustara a mis costillas como una herramienta de tortura medieval.

Al contrario de lo que había experimentado tras las miradas que había recibido durante el último año por parte de Carsoni y sus hombres, la mirada de Dante Allegri no me provocaba repulsión, sino algo mucho más inquietante. Era como si mi piel hubiera recibido una corriente eléctrica. Recibir su atención era excitante, placentero y doloroso al mismo tiempo. Mi reacción me sorprendió, porque no parecía capaz de controlarla.

Me temblaban las piernas, mis senos presionaban contra el corpiño de la herramienta de tortura medieval y me costaba un gran esfuerzo evitar que mi respiración se acelerara.

–En efecto, Dante –Joseph Donnelly contestó a su jefe–. Esta es Edie Spencer. Acaba de llegar y espera jugar contigo esta noche.

Al oír el tono de Donnelly, mi pánico aumentó de golpe.

Allegri no parecía muy impresionado y me miró de arriba abajo.

–Exactamente, ¿cuántos años tiene, señorita Spencer? –preguntó, dirigiéndose a mí directamente por primera vez. Hablaba un inglés perfecto, una mezcla de americano y británico con un toque de acento italiano–. ¿Tiene la edad legal para estar aquí? –añadió.

–Por supuesto, tengo veintiún años –dije con cierto tono desafiante.

Él continuó mirándome, como si tratara de adentrarse en mi alma, y yo me esforcé por no apartar la mirada.

El ruido del casino pasó a un segundo plano bajo su intenso escrutinio. Lo único que podía oír era el ruido de mi corazón.

–¿Cuánto tiempo lleva jugando al Texas Hold'Em, señorita Spencer? –preguntó él, mencionando la variedad de póquer que preferían todos los profesionales.

En medio de la mesa se colocan cinco cartas comunitarias y se reparten, boca abajo, dos cartas propias a cada jugador. Es un tipo de juego que requiere mucho talento a la hora de calcular probabilidades y valorar el riesgo cuando se crea la mano a partir de las dos cartas propias y de las cinco cartas comunitarias. Y ahí es donde entra en juego mi método. Yo he desarrollado una fórmula matemática para valorar el comportamiento de otros jugadores a la hora de apostar, y eso me daría ventaja durante la partida. Sin embargo, si me pillaran empleando la fórmula estaría en un lío, igual que aquellos jugadores a los que les pillan contando las cartas cuando juegan al Black Jack.

En cuanto los casinos detectaban a esos jugadores, los echaban de por vida y les bloqueaban sus ganancias. Yo no podía arriesgarme a tal cosa.

—Tiempo suficiente —contesté, obligándome a mostrar una seguridad que no sentía.

Mi madre tenía razón en una cosa. Las apariencias lo eran todo. Si quería ganar, no podía mostrarme insegura ante ese hombre. Aparentar seguridad y tener el control era tan importante como tener seguridad y el control.

Su rostro atractivo permaneció impasible, pero el brillo de su mirada y la tensión de su mentón sugerían que mi atrevida respuesta había causado efecto. Yo me habría sentido más triunfal con su reacción si no hubiera provocado que todo mi cuerpo reaccionara.

¿Qué me estaba pasando? Nunca había reaccionado así ante ningún hombre.

—Supongo que eso ya lo veremos, señorita Spencer —dijo él, y se volvió hacia el director del casino—. Acompaña a la señorita Spencer al salón, Joe. Preséntasela al resto de los jugadores del Millionaire Club –se miró el reloj con un gesto profesional–. Tengo que hablar con Renfrew, pero estaré allí en treinta minutos –añadió–. Entonces, podremos empezar.

–¿Vas a unirte a la mesa esta noche? –preguntó Donnelly, algo sorprendido.

–Sí –dijo él, y su tono de voz fue como una ardiente caricia para la parte más íntima de mi cuerpo–. Nunca me echo atrás en un reto, y menos cuando la que me reta es una bella mujer.

Tardé un momento en darme cuenta de que yo era la bella mujer, probablemente porque la mirada que me dedicó antes de alejarse sugería que no lo consideraba un cumplido.

No obstante, mientras me guiaban hasta los ascensores, fui incapaz de apartar la mirada de la parte trasera del cuerpo de Allegri. Sus anchas espaldas parecían indomables y resultaban muy atractivas bajo la tela del esmoquin. La gente se apartaba para dejarlo pasar hasta el otro lado de la habitación.

Esa noche, tenía que ganar costara lo que costara, el futuro de mi familia dependía de ello. No obstante, al sentir que mi cuerpo seguía alterado tras ese breve encuentro, empecé a sospechar que ya había perdido.

Capítulo 2

EDIE Spencer era un enigma que no podía resolver, y me estaba volviendo loco.

Llevábamos más de tres horas jugando y no era capaz de descubrir su método. Incluso me resultaba difícil interpretar sus pequeños gestos, esas reacciones físicas insignificantes de las que los jugadores no son conscientes, pero que pueden hacer que sean un libro abierto a la hora de valorar sus próximos movimientos. Y el motivo por el que no conseguía interpretarlos era sencillo y sorprendente a la vez. No podía concentrarme en el juego porque estaba demasiado ocupado concentrándome en ella.

Aunque hasta el momento sus ganancias eran moderadas, habían ido aumentando de manera estable, a diferencia de las de los otros jugadores de la mesa. Yo había conseguido deshacerme de todos menos de uno de los otros jugadores, así que solo quedábamos tres en la mesa. Y mientras a mi amigo Alexi Galanti, el propietario de Fórmula Uno, que estaba sentado al lado de ella solo le quedaba un millón, Edie Spencer estaba sentada frente a un montón de fichas parecido al mío.

Sabía que tenía que estar usando un método todavía más ingenioso que el mío. Aunque mi necesidad de descubrirlo era mucho menos fuerte que mi deseo de quitarle el vestido tan provocativo que llevaba. El encaje que cubría su escote no servía para distraer mi atención de la piel suave, femenina y tentadora.·

—Subo doscientos —dijo Alexi, mientras tiraba las fichas por valor de doscientos euros sobre la mesa, haciendo que aumentara la apuesta.

Yo contuve mi frustración y observé los delicados dedos de Edie mientras levantaba sus cartas para estudiar la jugada.

Quería a Alexi fuera de juego para poder jugar a solas con la señorita Spencer, sin embargo, Alexi era un buen jugador. Así que tuve que concentrarme en la jugada y no en el escote provocativo que veía al otro lado de la mesa.

Al sentir que mi cuerpo reaccionaba ante la idea de estar con ella a solas, tuve que hacer un esfuerzo para calmarme. Mezclar el sexo con el póquer nunca había sido una buena estrategia. No obstante, mientras la miraba, tuve que admitir que no solo era su belleza lo que llevaba horas volviéndome loco.

Ya había sentido la química cuando le pregunté por su edad, y eso me excitó. Por primera vez en mucho tiempo me encontré pensando en cómo sería disfrutar del reto de jugar un estimulante juego con una estimulante mujer.

Su piel era pálida y, cuando no estaba apostando o mirando las cartas, sus manos permanecían sobre su regazo. La mirada de sus ojos verdes que me había cautivado en el piso de abajo no se había cruzado con la mía desde entonces.

Y aunque la falta de contacto ocular era bastante frustrante, cuando se trataba de interpretar su jugada, lo que resultaba mucho más frustrante era que cada vez estaba más excitado. Y desesperado por ver de nuevo el brillo de aquellos ojos verdes.

Eso no me gustaba. Nunca permitía que el deseo físico me distrajera en la mesa, pero lo que me gustaba menos era el hecho de que no comprendía qué era lo que me resultaba tan excitante de ella.

Para empezar, solo tenía veintiún años. E incluso parecía más joven. Nada más verla pensé que tendría unos diecinueve o veinte años como mucho, y con aquel maquillaje y su vestido escotado parecía una niña disfrazada.

Las mujeres jóvenes no eran mi estilo. Por norma, prefería mujeres mayores que yo, mujeres con mucha experiencia que pudieran saciar mi apetito en la cama, mantener conversaciones interesantes fuera de ella, y que no quisieran implicarse mucho en la relación o se pusieran sentimentales cuando les diera un regalo caro para que se alejaran contentas de mí.

Además, nunca había sentido el deseo de perseguir a una mujer que no me enviara claras señales de que estaba interesada en realizar conmigo un poco de ejercicio en la cama. Lo cierto era que, cuando las mujeres jóvenes venían a hacer grandes apuestas, iban buscando un poco de ambas cosas, la oportunidad de demostrar su talento en la mesa y en mi cama. Una tentación que siempre me había resultado muy fácil de resistir hasta ese momento.

Por supuesto era más que posible que el comportamiento recatado de la señorita Spencer fuera fingido, y que su intención fuese persuadirme e intrigarme. Si ese era el caso, debía felicitarla por probar una nueva táctica. Sin embargo, eso no contestaba la pregunta de por qué estaba funcionando tan bien.

¿Era porque resultaba enigmática? ¿O por haberse mostrado un poco desafiante? ¿Quizá era por el reto que ella representaba? ¿Cuánto tiempo hacía que no me encontraba con una mujer tan difícil de descifrar?

La observé mientras ella debatía su jugada. Me costaba dejar de mirarla, así que hice un esfuerzo por concentrarme.

Esa mujer no era diferente de otras herederas que había conocido durante los años mientras montaba mi negocio. Las hijas mimadas de ejecutivos y aristócratas millonarios, de la realeza europea y de jeques árabes, que nunca habían tenido que trabajar y no sabían el significado de querer algo. Se dedicaban al juego para infundir en sus vidas la emoción que les faltaba, sin darse cuenta de que, si el dinero no tenía valor, el riesgo y la gratificación del juego con dinero tampoco lo tendría.

A pesar de que había decidido racionalizar el efecto que había tenido sobre mí, continué mirándola y sentía un intenso ardor en el vientre.

Su piel joven brillaba bajo la luz tenue, el escote de encaje de su vestido resaltaba sus senos firmes y suaves como el alabastro. Sus pezones turgentes se marcaban a través de la tela de raso, y era lo único que ella parecía incapaz de controlar.

Yo me habría sentido satisfecho por ello, de no ser porque el potente deseo que sentía de quitarle el vestido, dejar sus senos al descubierto y sentir cómo se henchían mientras los acariciaba con la lengua, hacía que me sintiera poco impresionado de mi propio autocontrol.

—No voy —dijo ella, y le pasó las cartas a Alexi, que estaba barajando.

Yo me mordí la lengua para no blasfemar, pero ella me miró como si hubiera percibido mi frustración.

Al instante, apartó la vista, pero nuestras miradas se cruzaron y yo sentí que una oleda de calor me invadía por dentro.

Ella respiró hondo y recuperó la compostura, pero sus pezones se marcaron todavía más contra la tela del vestido.

El deseo se apoderó de mí al mismo tiempo que conseguía resolver parte del enigma. Su compostura era pura apariencia.

Fuera cual fuera el método que Edie había ideado, acababa de mostrar una gran debilidad.

Quizá todavía suponía un enigma, pero había una cosa segura, me deseaba tanto como yo a ella. Y por algún motivo, deseaba ocultarlo. Eso me daba ventaja porque era una debilidad que yo podía explotar.

Un fuerte calor se instaló en mi entrepierna.

De hecho, era una debilidad con la que yo iba a disfrutar mucho.

«Empieza el juego, *bella*».

Capítulo 3

LO SABE».

Yo había cometido un gran error. Lo supe en cuanto mi mirada se cruzó con la de Allegri y él la sostuvo durante un instante.

Yo llevaba toda la noche evitando el contacto ocular, ya que, la intensa mirada de aquellos ojos azules provocaba que me ardiera el estómago como si fuera lava y que los pezones se me pusieran turgentes.

No comprendía por qué reaccionaba así ante él. Lo único que sabía era que no podía permitir que él lo descubriera o quedaría completamente a su merced. No obstante, cuanto más intentaba controlar mi respuesta física, más difícil me resultaba ocultarla. Y me costaba más concentrarme en el juego también.

Debía haber apostado en esa mano. Sabía que la probabilidad de que él tuviera una jugada mejor era muy pequeña, teniendo en cuenta cómo había apostado antes. Aunque si nunca lo ponía a prueba, si nunca perdía, él empezaría a pensar que yo tenía un método.

El problema era que, durante toda la noche, yo había evitado ir cara a cara contra él. El temor de demostrar la extraña reacción que mostraba mi cuerpo era demasiado potente como para correr el riesgo.

Tan pronto como abandoné de nuevo y vi que se

ponía tenso, la emoción que sentí por haber hecho que se sintiera frustrado fue como una droga embriagadora. De pronto, me sentí incapaz de no levantar la cabeza y mirarlo directamente.

Él permaneció calmado y puso una sonrisa sensual que alimentó mi nerviosismo.

Aparté la mirada antes de que él pudiera ver más, pero supe que era demasiado tarde. El anhelo estaba reflejado en mi cara.

Se me cortó la respiración y tuve que esforzarme para respirar. Entretanto, mis pezones se pusieron tan duros que parecía que iban a romper la tela del vestido.

Oía que el juego continuaba a mi alrededor, mientras Allegri terminaba con Galanti. El empresario tiró su par de ases sobre la mesa y soltó una carcajada. Allegri mostró su mano y su jugada ganadora, un dos para acompañar a la pareja de doses que ya tenía sobre la mesa.

—Maldita sea, Dante, te prometo que uno de estos días te fallará la suerte —dijo Galanti.

—Sigue soñando, Alexi —replicó Allegri mientras apilaba las fichas que había ganado.

Galanti me miró un instante y se bebió el resto de su copa de whisky.

—¿Quizá la señorita Spencer conoce tu estrategia? —se levantó para marcharse y me ofreció la mano—. Ha sido una oponente impresionante y bella, Edie —dijo con familiaridad y mirándome como coqueteando.

—Gracias, señor Galanti —repuse yo, y le estreché la mano preguntándome por qué no reaccionaba ante él del mismo modo que había reaccionado ante Allegri.

—Buena suerte —dijo Galanti—. ¿Quizá podríamos quedar después para tomar una copa? —añadió—. Voy a probar suerte en la ruleta, así que estaré por aquí para celebrarlo cuando usted gane a este canalla.

El voto de confianza me sorprendió, pero la invitación me sorprendió todavía más. Yo intentaba hacerme invisible cuando estaba con hombres. Jude y yo habíamos aprendido a mantenernos alejadas de la atención masculina gracias a la infinita lista de amantes que mi madre nos había presentado durante nuestra adolescencia.

La decisión de rechazar la invitación de Galanti la tomé de manera instantánea. Justo cuando me disponía a hablar, Allegri intervino diciendo:

—Piérdete, Alexi. La señorita Spencer no está disponible De momento, es toda mía.

Galanti se rio y se marchó, al parecer no era consciente del tono sutil que había empleado Allegri. Yo sí lo había percibido, junto a cierta posesividad.

«De momento, es toda mía».

¿Qué quería decir con eso?

Cometí el error de mirarlo de nuevo y se me aceleró el corazón. Él me estaba mirando, tal y como había hecho toda la noche. Sin embargo, en lugar de frustración, mostraba satisfacción tras haberme retado con su comentario.

Él terminó de barajar las cartas, sin apartar la mirada de mí ni un solo instante.

En cuanto Galanti salió de la habitación y cerró la puerta dejándonos a solas en el salón, la tensión del ambiente aumentó. El gran ventanal ofrecía una vista de la bahía espectacular, los barcos atracados en la marina añadían un poco de luz a la oscuridad del mar, pero, de pronto, el salón de muebles de madera de caoba y piel, parecía peligroso…

Y fascinante.

Allegri se había despedido de los camareros hacía más de una hora. En ese momento, me había parecido un gesto generoso, ya que era pasada la medianoche. No obstante, una vez que nos quedamos a solas me pregunté si no lo tendría planeado.

Por primera vez, al pensar en el comentario que le había hecho a Galanti, la extraña sensación de calor que tenía en la entrepierna y el pánico que provocaba en mí se juntaron con un sentimiento de rabia.

Había pasado el último año de mi vida acosada y despreciada por Carsoni y su matón y no me había gustado nada.

—Preferiría que no tomara decisiones por mí, señor Allegri —dije con toda la tranquilidad que pude, a pesar de que estaba indignada.

—¿Y qué decisión es esa? —preguntó él.

—La decisión de tomar una copa con el señor Galanti.

—Puesto que ya había decidido mandarlo a paseo, creo que no fui yo el que tomó la decisión por usted.

Cortó la baraja y puso una sonrisa sensual que provocó que se me acelerara de nuevo el corazón. Su arrogante comentario me enfureció.

—De hecho, no había decidido mandarlo a paseo —mentí.

—Sí, lo había decidido —dijo él con total seguridad.

—¿Cómo lo sabe? —pregunté yo.

—Porque no es su tipo, *bella* —repuso él, y la mirada de sus ojos azules se oscureció—. Y yo sí.

Capítulo 4

EL DESEO que llevaba horas tratando de controlar se apoderó de mí, pero, cuando Edie Spencer volvió a dedicarme una mirada ardiente de sus ojos verdes como la que me había dedicado en el piso de abajo, dejé de preocuparme por ello.

«Bienvenida otra vez, *bella*».

Mi satisfacción se unió al impacto embriagador del poder y de la pasión al ver cómo la indignación se reflejaba en su tez pálida. Sus ojos se habían vuelto de color esmeralda. Era verdaderamente exquisita, provocativa, audaz y, a juzgar por el método que todavía yo no había conseguido descifrar del todo, muy inteligente. Había demostrado ser una valiosa contrincante. No era algo a lo que yo estaba acostumbrado cuando se trataba de las hijas mimadas de los ricos.

Iba a divertirme de verdad ganando esa partida, y también alimentando la química sexual que claramente compartíamos. Si era tan ardiente en la cama como en la mesa de juego, iba a ser una noche muy entretenida.

—Es extremadamente arrogante, señor Allegri —dijo ella—. Quizá debería concentrarse en el juego en lugar de en mi atracción ficticia hacia sus encantos.

—Resulta que soy muy bueno haciendo dos cosas a la vez —contesté mientras dejaba las cartas sobre la mesa. De pronto, me interesaba mucho menos jugar a las cartas que jugar con ella–. Puedo jugar e interpretar sus reacciones al mismo tiempo, es por ello por lo que sé que es a mí a quien desea, no a Alexi.

–¿Qué reacciones? –replicó ella, respirando de forma agitada–. No reacciono de ninguna manera ante usted, por mucho que su ego le diga lo contrario.

Yo decidí no discutir. Simplemente posé la mirada sobre sus pezones y vi cómo se endurecían bajo la tela. Me imaginaba lo desesperada que estaba por encontrar alivio. Sus pezones suplicaban que los acariciara con mis labios. Algunas mujeres eran muy sensibles en esa zona y, por la manera en que ella se había sonrojado al ver cómo la miraba, supuse que era una de ellas.

–¿Qué tal si ponemos a prueba esa teoría y nos tomamos un descanso recreativo? –dije yo.

Ella se puso tensa, pero no consiguió dominar su rubor.

Al ver que no contestaba, añadí:

–Llevamos tres horas jugando y estoy hambriento –dije, insinuando que no solo era hambre de comida lo que tenía, y disfruté al ver cómo trataba de controlarse para no sonrojarse.

Vi que ella pensaba un instante acerca de mi propuesta. Si sabía algo acerca de mí, y seguro que había investigado bastante, sabría que yo podía jugar veinticuatro horas seguidas sin necesidad de sustento. Durante las partidas me concentraba en el juego y no solía tener hambre, sin embargo, en esa ocasión estaba distraído, así que ¿por qué no probar? Después de todo, su carácter y el calor de su mirada era algo mucho más retador que su jugada.

Me preguntaba cómo de atrevida era en realidad.

¿Sería prudente y rechazaría mi oferta? ¿Sujetaría las cartas contra su pecho y continuaría negando la química que había entre nosotros? ¿O se arriesgaría y mostraría su deseo para llevar ventaja en nuestro juego del gato y el ratón?

Al ver que ella miraba a otro lado y tragaba saliva pensé que había sobrestimado su nivel de riesgo, pero, para mi sorpresa, ella se volvió y me miró con desafío.

—Me encantaría parar para cenar —dijo. El ligero temblor que había en su voz se contradecía con el estado de sus pezones y el color de sus mejillas—. Solo porque tengo hambre y necesito toda la energía para poder concentrarme y ganarle.

—*Touché, bella* —yo me reí, disfrutando de su audaz amenaza y del intenso brillo de aquellos ojos verdes. Agarré mi teléfono y mandé un mensaje para que Joe nos trajera algo de comer.

De pronto, me encontré disfrutando más de la idea de acostarme con ella que de la de ganarla al póquer. Como norma, nunca me acostaba con mi oponente por muy tentador que fuera. Mezclar el juego con el placer sexual podía resultar complicado.

Aunque en ese momento, solo tenía una meta: avivar el deseo que sentíamos el uno por el otro hasta que ella contara todos sus secretos.

Después, me encargaría de ganarla en la mesa de juego y ambos podríamos recoger la recompensa.

Capítulo 5

¿HABÍA perdido la cabeza?

¿Por qué había aceptado interrumpir la partida y compartir una cena con Dante Allegri? Era estúpido e imprudente, hasta el punto de ser extremadamente peligroso. Sobre todo, teniendo en cuenta las feromonas que se apoderaban de mi cuerpo cada vez que él me miraba.

No me di cuenta de lo peligrosa que era mi situación hasta que me senté frente a él en la mesa del salón contiguo. La mesa estaba servida con cristalería fina, vajilla de porcelana y cubertería de plata. Su rostro, iluminado por la luz de la vela, parecía más salvaje que afable y no conseguía calmar las sensaciones de mi cuerpo.

Él levantó mi plato para servirme la comida que habían traído los camareros del casino.

—¿Qué le apetece, señorita Spencer? —era ridículo que se dirigiera a mí de esa manera, teniendo en cuenta que era como si su voz acariciara mi cuerpo al pronunciar mi nombre con ese tono.

«Despierta, Edie. Esto no es real, no está interesado en ti… Es un experto seductor tratando de emplear su atractivo para debilitar todas tus defensas».

Repetí el mantra en mi cabeza mientras luchaba contra la extraña sensación que se había apoderado de mi cuerpo, una mezcla de letargo y deseo, que me había colocado en esa peligrosa situación.

Debería haberme resistido al deseo de retarlo, de provocarlo y de aceptar el desafío que me había lanzado, pero estaba allí y no podía retirarme, así que tendría que jugar esa mano mostrando lo mejor de mis habilidades. No tenía ninguna experiencia con los hombres, y menos con los hombres ricos, poderosos y sexualmente atractivos que mostraban tanto carisma y confianza en sí mismos como Dante Allegri. Era como un ratón tratando de impresionar a un león.

Inhalé el delicioso aroma de la comida y me concentré en elegir lo que me apetecía, sin embargo, a pesar de que la boca se me hacía agua y de que me rugía el estómago, nunca había tenido menos apetito.

Elegí algunos platos de aquellas bandejas y me fijé en que había suficiente comida como para habernos alimentado a mi hermana y a mí durante una semana.

Mientras me servía, observé sus manos de dedos largos y uñas bien cortadas. Su piel bronceada contrastaba con el algodón blanco de su camisa. Se había quitado la chaqueta del esmoquin varias horas antes y, antes de servir la comida, se había arremangado la camisa, mostrándome sus antebrazos musculosos cubiertos de vello oscuro mientras dejaba mi plato sobre la mesa.

Después, se sirvió su plato y se sentó frente a mí. Sacó una botella de vino de la cubitera y la descorchó antes de inclinarla sobre mi copa.

—¿Le apetece un poco de vino? Le aseguro que este vino blanco va muy bien con el Argento's skate *au beurre noir.*

Beber no era una buena idea, pero necesitaba algo que calmara mi corazón acelerado, así que acepté.

Él me sirvió una copa de vino, no lo bastante llena como para emborracharme. Mientras servía su copa me fijé en la etiqueta de la botella. Un Mouton Rothschild blanco de principios del nuevo siglo. Bebí un trago generoso para disimular mi sorpresa, permitiendo que el líquido afrutado humedeciera mi garganta.

Me preguntaba cómo era posible que no hubiera alardeado sobre el vino, ya que sabía que costaba miles de euros. Una de las cosas que me había visto obligada a hacer después de la muerte de mi madre fue subastar todo lo que tenía en su bodega para poder pagar sus deudas.

—*Buon appetito* —dijo él, mirando hacia mi plato.

Probé un bocado del pescado con puré de patata, pero me lo tragué sin saborear. Él continuaba mirándome y yo estaba segura de que trataba de valorar mis puntos débiles.

—¿De dónde es, señorita Spencer? —preguntó, apoyándose en el respaldo de la silla mientras bebía un poco de vino.

Lo observé un instante y bebí un sorbo de vino mientras intentaba pensar en una respuesta convincente.

Por desgracia, no me había preparado para esa situación, ya que me había autoconvencido de que Allegri ni siquiera estaría allí esa noche.

—De un pequeño pueblo del norte de Chantilly. Lamorlaye —dije yo, nombrando un pueblo cerca de Belle Rivière del que conocía los detalles.

—¿Es francesa? —entornó los ojos y arqueó las cejas—. Sin embargo, habla inglés sin acento.

—Soy medio francesa y medio inglesa —aclaré. Sabía que para que no me pillara lo mejor era tratar de decir lo más cercano a la verdad, pero no quería darle ninguna información que permitiera localizarme después de ganar la partida de esa noche Si es que ganaba la partida de esa noche.

El pánico hizo que bebiera otro trago de vino para calmar mis nervios.

–La mayor parte del año vivo en Knightsbridge –comenté, eligiendo la zona más cara de Londres–. La ciudad es tan asfixiante en esta época del año que prefiero quedarme en la finca de mis padres de Lamorlaye desde mayo a septiembre –mentí, tratando de parecer cosmopolita–. La vida social en Chantilly es mucho más exclusiva y refinada que en París, y nuestro palacete tiene una piscina, una pista de tenis y un cine, así que puedo mantenerme en forma y entretenerme cuando no estoy socializando o visitando Mónaco, Cannes o Biarritz.

–¿No trabaja? –preguntó desconfiado y sin parecer impresionado.

Bajé las manos de la mesa y las coloqué sobre mi regazo para acariciarme los callos que llevaba ocultando toda la noche. Lo último que deseaba era que él se enterara de que, durante el último año, había estado compaginando el trabajo nocturno de limpieza con el trabajo de contable que hacía para negocios locales desde la muerte de mi madre cuatro años antes. Si se enteraba de lo desesperada que estaba por ganar, me convertiría en una presa mucho más fácil.

–El trabajo está sobrevalorado, ¿no cree? –dije yo–. Y, en cualquier caso, no me gustaría estar atada de esa manera. Soy un espíritu libre, señor Allegri. Prefiero el peligro de enfrentarme a mi suerte en la ruleta o la emoción de una partida de Texas Hold'Em que condenarme a un trabajo aburrido de nueve a cinco –continué mintiendo.

Él me miró y durante un segundo pensé que había exagerado fingiendo ser una rica alocada. Por mi manera de jugar, él ya debía de saber que no era una idiota.

–Por su manera de jugar al póquer diría que ha invertido bien su tiempo –dijo él.

Agarré mi copa y brindé con él con manos temblorosas.

–*Touché* –susurré, repitiendo la frase provocativa que había dicho él antes. Mi intención era parecer más segura de mí misma y provocativa.

Él brindó también y se bebió el último trago de vino. No obstante, cuando me miró de nuevo, vi que algo importante había cambiado. Ya no me miraba como a una mujer inteligente y valiosa contrincante. Me miraba como un objeto de deseo y desprecio, no como a un igual. Me miraba de la misma manera que habían mirado a mi madre todos los hombres con los que ella había salido.

La ansiedad se apoderó de mí, enfrentándose a la confusión y a la nostalgia que sentía. Intenté ignorar el hecho de que él me despreciara.

Era una estupidez que me importara lo que él pensara. No estaba allí para impresionarlo. Estaba allí para ganar esa partida por todos los medios. Además, ¿quién era él para juzgarme? Un hombre que había ganado su fortuna explotando de manera despiadada las adicciones de los pobres, engañando a tontos como mi cuñado hasta que se olvidaban de todo lo importante. Y traicionando a todos aquellos que los querían.

Eché todo el desprecio que sentía hacia mí misma y lo que estaba haciendo contra él. Si lo miraba de ese modo, Dante Allegri era tan culpable de las desastrosas circunstancias de mi familia como Jason. Quizá incluso más, porque Jason siempre había sido débil e influenciable, no como Allegri, que parecía haber salido del vientre de su madre creyendo que tenía derecho al privilegio y una total falta de compasión y empatía.

Por desgracia, el descontento que sentía hacia Allegri no sirvió para calmar la adrenalina que surgió en mi interior al ver cómo se limpiaba los labios con la servilleta, la dejaba sobre la mesa y se ponía en pie ofreciéndome la mano.

—Acompáñeme, señorita Spencer. Voy a mostrarle algo que le gustará antes de que terminemos la partida.

Se inclinó sobre mí y, como era muy alto y llevaba arremangada la camisa, me pareció intimidante. Desde tan cerca podía ver su cuerpo musculoso bajo la tela de su camisa y sus pantalones. Parecía un luchador que no tendría piedad a la hora de conseguir su victoria.

Lo que yo intentaba conseguir, ganar a Allegri en su propio casino, era una enormidad. No obstante, en lugar de sentir ganas de salir huyendo, la rabia que sentía por todo lo que mi familia había sufrido provocó que tuviera todavía más ganas de luchar.

Pasara lo que pasara, haría todo lo posible por vencer a ese hombre.

Acepté la mano que me ofrecía y forcé una sonrisa seductora.

—Resulta intrigante —dije, contenta de oír que mi voz apenas temblaba.

Cuando él me agarró del brazo y me acercó hacia su cuerpo, inhalé su aroma y perdí toda la energía para enfrentarme a él.

Me acompañó hasta un ventanal con vistas a la bahía y me soltó el brazo para colocarse detrás de mí.

–Allí –dijo mientras señalaba la oscuridad.

–¿Qué tengo que mirar?

Entonces, justo cuando sentí el calor de su cuerpo contra mi espalda desnuda, una luz rojiza apareció en el horizonte.

Me quedé boquiabierta y contemplé cómo la luz se extendía por el cielo, tiñéndolo de rojo, rosa y naranja.

–Es precioso –susurré.

Nunca había visto las auroras boreales. Y ni siquiera sabía que se podían ver en Mónaco. Pensaba que solo era un fenómeno visible en el Círculo Polar Ártico. Sentí un nudo en la garganta. ¿Cómo sabía él que sucedería en ese mismo instante? Era como si lo hubiese preparado solo para mí.

Traté de ignorar ese ridículo pensamiento romántico y recordé que era el producto de la potente reacción física que había tenido ante él de forma inesperada. Entonces, él apoyó la mano sobre mi cadera y provocó que un intenso calor se extendiera por mi cuerpo.

Permanecí entre sus brazos, consciente de que debía retirarme, pero el calor de su respiración contra mi oreja, su aroma embriagador y la tensión de su cuerpo, provocaron que perdiera toda noción de precaución.

Estuvimos juntos varios minutos, contemplando el espectáculo. Cada vez me resultaba más difícil explicarme cómo podía afectarme tanto. ¿Por qué me excitaba de esa manera? ¿Cómo podía disfrutar de estar tan cerca de él cuando sabía lo peligroso que era?

Al ver que la aurora comenzaba a desaparecer, me giré.

Su rostro estaba iluminado por los últimos rayos de la aurora boreal y su expresión me excitó todavía más.

Cuando él me acarició la mejilla y deslizó el pulgar sobre mi cuello, no sentí miedo, sino nostalgia.

—No me mires así, Edie —murmuró él, llamándome por mi nombre—. A menos que quieras compartir la cama conmigo cuando terminemos la partida.

Se suponía que era una amenaza, pero mi mente confusa lo interpretó como una promesa.

Una promesa que yo no quería rechazar.

Levanté mis manos temblorosas y le acaricié el mentón.

Él apretó los dientes y trató de retirarse, pero no se lo permití.

Por una vez quería seguir mi instinto y no preocuparme de las consecuencias.

—Maldita sea —blasfemó antes de abrazarme.

Aunque fuera algo inapropiado, la alegría se apoderó de mí al percatarme de que había conseguido hacer que perdiera el control.

Él me besó en los labios de forma desafiante, provocando que una oleada de calor invadiera mi entrepierna y que se me hincharan los senos. Mis pezones turgentes presionaban contra su torso musculoso. Al sentir que me sujetaba el trasero y me estrechaba contra su cuerpo para que pudiera sentir lo que había provocado en él, me empezaron a temblar las piernas. Noté su miembro erecto contra mi vientre y me sorprendí con su tamaño y su dureza.

Él me deseaba tanto como yo a él. El juego de seducción era real. Éramos iguales.

Introdujo la lengua en mi boca y me besó apasionadamente. Yo comencé a besarlo también, pero las sensaciones eran demasiado intensas y sobrecogedoras. ¿Qué me estaba pasando? Él había destrozado todas mis barreras provocando que deseara rendirme ante él.

Dejé de masajearle el cuero cabelludo y lo agarré del cabello para echar su cabeza hacia atrás.

Él refunfuñó y me soltó de golpe, de forma que yo me tambaleé.

Di un paso atrás, preocupada por si volvía a caer en la red del deseo y por si él decidía volver a besarme.

No obstante, él no se movió. Blasfemó algo en italiano y se giró hacia la ventana. El horizonte ya se había oscurecido.

Él se pasó los dedos por el cabello, respiró hondo y se metió las manos en los bolsillos.

Al cabo de unos instantes se volvió hacia mí, pero con el cabello alborotado y sus movimientos poco delicados, no se parecía en nada al hombre con el que me había enfrentado en la mesa de juego. El hombre seguro de sí mismo y de aspecto indómito parecía un tigre enjaulado.

—Perdóname —dijo acercándose a mí—. Se me ha ido de las manos más rápido de lo que pretendía.

La disculpa parecía sincera y yo no sabía qué hacer. Resultaba más sencillo odiar a Dante Allegri, el hombre mujeriego y despiadado, que al hombre que tenía delante y que parecía tan afectado como yo por el beso que habíamos compartido.

—Podemos… ¿Podemos continuar con la partida? —conseguí decir.

Él asintió arqueando una ceja.

—Sí —contestó.

Me indicó con la mano que me dirigiera hacia el salón de juego. Se esforzó para no tocarme más y recuperar la compostura. Una vez sentados a la mesa, comenzó a barajar las cartas manteniendo completamente el control.

Tomé mis cartas y las miré, pero fui incapaz de calcular mis probabilidades. Era como si mi mente y todos mis sentidos hubieran colapsado.

Sentí que se me encogía el corazón a medida que avanzaba la partida y él ganaba la mano.

Intenté concentrarme durante la siguiente mano, pero me resultó imposible. Todo mi cuerpo estaba alterado por el deseo y las emociones inexplicables que él me había hecho sentir con un simple beso. Un beso que yo había provocado. Un beso que yo había iniciado.

Deseaba llorar y, cuando ganó la siguiente mano, el pánico que sentía era abrumador. El recuerdo de sus labios sobre los míos, sus manos acariciando mi trasero, su lengua explorando mi boca… Todo eran distracciones que no podía dominar.

Mucho antes de que jugáramos la última mano supe que había perdido y que yo era la única culpable. Durante esos momentos en los que había anhelado un beso de Dante Allegri, había disfrutado con cómo me había hecho sentir y me había engañado pensando que él también estaba afectado, me había convertido en la única cosa que siempre había prometido que no llegaría a ser Una mujer tan débil, necesitada e ingenua como mi madre.

Capítulo 6

DOS CINCOS —dejé mis cartas sobre la mesa, junto a la pareja de ochos que había dejado Edie Spencer. Por desgracia para ella, las cartas comunitarias contenían otro cinco.

—Pierdes, *bella* —dije yo, agradecido de que hubiera terminado la partida.

Había necesitado mucha fuerza de voluntad y toda mi experiencia para mantener la concentración en las cartas durante la última hora. Desde ese maldito beso. Era un milagro que consiguiera ganar. Después de que ella se separara, incluso pensé en la posibilidad de no terminar la partida para poder acariciarla de nuevo.

Había sido una tortura estar allí sentado, tratando de pensar con claridad, mientras una oleada de calor invadía mi entrepierna cada vez que ella se mordisqueaba el labio inferior o cada vez que respiraba hondo y veía cómo se movían sus pechos.

Al final conseguí mantener la concentración para terminar. Sí, era evidente que había mucha química entre nosotros, una conexión sexual explosiva que nunca había tenido con otra mujer. Y aunque ambos íbamos a disfrutar explorándola al máximo, no estaba dispuesto a abandonar la partida para poder hacerlo. Sobre todo, porque estaba convencido de que ese era el motivo por el que ella había iniciado el beso.

Su plan había salido mal, porque ella había estado mucho más distraída que yo durante el juego.

Si de verdad tenía una estrategia, algo que empezaba a dudar después de que durante la cena hubiera descubierto que era una niña mimada y caprichosa como todas las que jugaban en el casino con el dinero de su padre, durante la segunda parte de la partida no había sido capaz de ponerla en práctica.

Era evidente que ella no esperaba que el beso la afectara de esa manera, y mientras recogía las últimas fichas yo me di cuenta de que no podía dejar de pensar en lo que sucedería el resto de la velada.

Ella no había dicho nada y era difícil saber cómo se había tomado la derrota, ya que tenía la cabeza agachada. Entonces, yo me percaté de que estaba temblando ligeramente. La impaciencia y el enfado se enfrentaron a mi deseo.

A pesar de que no había descubierto por qué esa mujer afectaba tanto a mi libido, quería continuar con lo que había comenzado con ese beso. No obstante, si ella empezaba a llorar para tratar de que hiciera una concesión después de haberla ganado, podía olvidarlo. Había ganado la partida y nunca intercambiaba favores sexuales, por muy ardientes que parecieran, por dinero.

Por supuesto, en el pasado había tenido novias a las que había mantenido. Me gustaba tratar bien a las mujeres con las que me acostaba, y, si salía con alguien a menudo, siempre les ofrecía una cantidad generosa para que pudieran dedicarme su tiempo y tener todo lo que necesitaran. Yo podía ser exigente, tenía un estilo de vida caro y necesitaba que ellas se adaptaran a mi horario, así que me parecía justo ofrecerles una compensación. Además, cuando la relación terminaba, siempre les hacía un generoso regalo. Era un hombre rico, esas mujeres eran mis amigas y no quería que nadie me llamara tacaño.

No obstante, no pensaba permitir que me manipulara emocionalmente una jovencita que había arriesgado el dinero de su padre y lo había perdido.

A pesar de todo, mientras Edie continuaba allí con la cabeza agachada y temblando, me encontré deseando tranquilizarla. Y no solo porque los planes que tenía para la noche resultarían menos agradables si ella comenzaba a llorar a causa del millón de euros que había perdido.

—*Bella,* no te pongas tan triste. Yo te anticiparé un millón para poder echar la revancha en otro momento —era lo más que podía ofrecer sin sentirme un idiota. Y de pronto, me gustó la idea.

Hasta que nos distrajimos con el beso, yo había disfrutado del reto de jugar con ella. La atracción sexual había añadido un excitante grado de erotismo a la partida, así que me gustaría jugar otra vez con ella y descubrir si de verdad tenía una estrategia o si el éxito de la primera parte del juego había sido cuestión de suerte.

En lugar de aceptar mi oferta, ella negó con la cabeza y continuó sin mirarme.

Mi impaciencia y frustración aumentaron, junto con ese extraño sentimiento de empatía.

—Mírame, *bella* —inclinándome sobre la mesa la sujeté por la barbilla para que me mirara.

Una vez que sus ojos de color esmeralda me miraron, lo que vi me sorprendió de veras.

Tenía los ojos secos, sin las lágrimas lastimeras

que yo esperaba encontrar, pero parecía aturdida y destrozada.

Sentí un fuerte dolor en el pecho y el sentimiento de empatía se hizo mucho mayor.

—¿*Bella*? ¿Qué ocurre? —le pregunté, desorientado y con preocupación, no solo por su mirada, sino por mi deseo de calmar su angustia.

¿Por qué estaba tan destrozada? ¿Y a mí por qué me importaba tanto?

—Na-Nada —tartamudeó, negando con la cabeza. Se puso en pie y añadió—: Tengo que irme.

Yo la agarré del brazo.

—No... —«te vayas», las palabras quedaron atrapadas en mi garganta antes de pronunciarlas. «Menos mal».

¿Qué me estaba pasando? Nos habíamos besado una vez y había sido algo inesperado y espectacular. Yo deseaba más, pero no iba a suplicar que se quedara. Decidí emplear otra táctica.

—¿Dónde vas tan deprisa? Quédate y tómate una copa —le dije, tratando de parecer relajado y convincente.

Le giré el rostro para que me mirara, afectado por el brillo húmedo de sus ojos. Había esperado que ella se pusiera a llorar, sin embargo, su angustia parecía real y ella trataba de contenerla.

¿Cómo podía parecer tan frágil después de haberse mostrado tan fuerte y decidida? ¿Y por qué yo todavía la deseaba tanto? Porque su vulnerabilidad no servía para calmar el deseo que me estaba torturando desde que nos habíamos besado.

Sin duda, todo era fingido. ¿Y por qué no conseguía convencerme de ello?

—*Bella* —le acaricié la mejilla y sus ojos se oscurecieron.

Todavía me deseaba y yo no me lo esperaba.

–Solo es dinero –le dije, convencido de que estaría preocupada por la reacción de sus padres. Quizá su padre se enfadaría con ella. ¿Quién no lo haría después de haber perdido un millón de euros?

Continué intentando animarla.

–Eres buena. Aunque no hayas sido lo suficientemente buena en esta ocasión. Te daré la oportunidad de recuperar el dinero, si es lo que quieres.

–Gracias. Es muy generoso por tu parte.

–Entonces, ¿te quedarás a tomarte una copa? –ambos sabíamos que no solo quería que se tomara una copa, la promesa del beso que habíamos compartido seguía en el ambiente.

–Sí, está bien –repuso ella.

–Bien –dije yo, más aliviado y excitado de lo que debería. La besé en la frente y me alegré al ver que se le agitaba la respiración. Me esforcé para no besarla de nuevo en los labios antes de que ambos estuviéramos preparados.

Ella se retiró y tuve que contenerme para no tomarla entre mis brazos.

–¿Puedo ir a refrescarme un poco?

–Por supuesto –dije yo, aunque deseaba que se quedara.

Yo no era posesivo con las mujeres y no tenía ni idea de dónde venía mi deseo de que no desapareciera de mi vista, así que lo ignoré.

No obstante, cuando la vi salir de la habitación, el calor que sentí en la entrepierna fue casi insoportable.

Me serví un vaso de whisky para calmar mi frustración y mi impaciencia mientras la esperaba.

Una vez que estuviera en mi cama y yo comenzara

a calmarle el ardor que había empezado con ese beso, Edie Spencer se olvidaría del dinero que había perdido. Y del problema de explicárselo a su padre.

Si realmente éramos tan buen equipo como el beso sugería, podría ofrecerle apoyo económico hasta que la llama del deseo desapareciera entre nosotros. Era evidente que tenía gustos caros, no tenía ingresos y disfrutaba jugándose el dinero que no había ganado. ¿Quizá pudiera contratarla como anfitriona para la fiesta de una semana que iba a celebrar en mi finca de Niza a final de mes? Edie era perfecta para ese papel, inteligente, bella y con clase, capaz de tratar con hombres de negocios de la alta sociedad. Su talento en la mesa de juego también podría ser útil.

Por supuesto, quizá tuviera que convencerla para que aceptara el trabajo, sin embargo, después de ver cómo había reaccionado tras perder el millón de euros de su padre, no pensaba que me resultara muy difícil. Yo era un jefe generoso y, además, domar su espíritu libre podría ser agradable para ambos.

Me bebí el último trago de whisky y miré el reloj. Me sorprendía que tardara tanto.

En ese momento, vibró mi teléfono. Lo saqué del bolsillo y leí el mensaje de Joe Donnelly.

Tenemos un problema. Llámame.

Suspiré, tentado de ignorar el mensaje. Eran las cuatro de la mañana y Edie regresaría pronto.

No obstante, sabía que Joe no era un histérico, así que, si había un problema que él no podía resolver, me necesitaba.

Lo llamé y contestó enseguida.

—¿Qué tal va la partida? —me preguntó sin más preámbulos.

–Gané hace diez minutos, ¿por qué?

Joe blasfemó.

–¿Edie Spencer sigue contigo? –preguntó.

–Ha ido al lavabo –dije yo, pero noté que se me erizaba el vello de la nuca.

–¿Así que no está contigo en la sala?

–No. ¿Qué pasa, Joe? –sabía que algo iba mal.

–El cheque con el que nos ha pagado es falso. Y también su identidad. El departamento de contabilidad lo ha detectado hace diez minutos, al ver que había déficit en las entradas del casino.

Un fuerte dolor se apoderó de mí, igual que me había pasado de niño. Ella no iba a regresar.

–La buena noticia es que creemos que sabemos quién es –Joe seguía hablando, pero yo apenas podía comprender lo que decía. Me sentía furioso y, peor aún, impotente.

–¿Quién es ella? –pregunté furioso.

–¿Has oído hablar de Madeleine Trouvé? –preguntó Joe.

–No –contesté, controlándome para no gritar a mi amigo–. ¿Ese es su verdadero nombre? –pregunté tratando de mantener la calma a pesar de que sentía justo lo contrario. Edie Spencer me había engañado y me había hecho revivir un momento de mi vida del que había tardado mucho en recuperarme. Edie pagaría por ello. Y también por el dinero que me había timado–. Tenemos que encontrarla.

Algo que pensaba hacer personalmente. Me debía un millón de euros, pero no era solo el dinero. Agarré el vaso de whisky con tanta fuerza que lo rompí entre mis dedos.

–Madeleine Trouvé era la chica francesa de los

noventa –continuó Joe–. Famosa por las aventuras amorosas que tuvo con una larga lista de hombres ricos, poderosos y, generalmente, casados. En serio, ¿no has oído hablar de ella? –preguntó Joe con incredulidad.

–No tengo tiempo para preguntas –grité perdiendo el control mientras me envolvía los dedos con una servilleta–. ¿Cómo puede ser esa mujer Edie Spencer, si con la que yo he jugado tiene poco más de veinte años?

Su piel joven, sus besos inexpertos, su mirada ingenua llena de pasión y de desolación. ¿Cómo era posible que todo eso también fuera mentira?

«Tú no has jugado con ella. Ella ha jugado contigo».

Respiré hondo. Me disgustaba ver que todavía sentía deseo al pensar en ella y la rabia se apoderó de mí.

–Apenas ha podido nacer en los noventa –terminé elevando la voz mientras trataba de controlar el sentimiento de traición.

–Lo sé. Ella no es Madeleine Trouvé. Madeleine murió hace cuatro años en un accidente de helicóptero, junto a su amante. Un español de la nobleza. Pensamos que ella puede ser la hija pequeña de Madeleine. Edie Trouvé.

–¿Cómo de seguro estás? –pregunté. Encontraría a Edie y le enseñaría una lección que no olvidaría jamás.

Yo no era un aristócrata mimado y caprichoso como los hombres con los que su madre había salido. Yo había tenido que salir adelante criándome en las calles de Nápoles. Había escapado de varias familias y centros de acogida, había vivido en la calle siendo adolescente, trabajando como un perro para ganar el dinero que apostaba, e incluso a los diecisiete años había acabado herido y sangrando en un callejón de París cuando me equivoqué al envidar el máximo. Nadie había conseguido derrotarme. Y tampoco lo haría una niña con grandes ojos verdes y pecas en la nariz…

–Muy seguro –contestó Joe, interrumpiendo el sentimiento de nostalgia que volvía a apoderarse de mí.

No tenía sentido.

Yo no deseaba a Edie Spencer. Ni a Edie Trouvé. Ya no. Ese deseo que no podía controlar era solo el efecto residual de mi enfado y de haber pasado demasiadas horas de frustración sexual. Una frustración que Edie había alimentado en todo momento.

«Basta».

La chica había aprendido a tentar y a atormentar a los hombres gracias a una mujer que había pasado toda la vida utilizando el sexo como arma. Su propia madre.

Una mujer que no había sido mejor que mi propia madre.

«No pienses en eso. Esas dos situaciones no tienen nada que ver. Edie Trouvé no es nada para ti».

–¿Sabes dónde encontrarla? –pregunté.

–Todavía no, pero estamos en ello –repuso Joe.

–Bien –dije yo, mientras experimentaba una extraña sensación de calma–. Trabajad deprisa. Necesito que la encontréis.

Capítulo 7

QUÉ QUIERES decir con que el cheque que entregué en la caja del casino de Allegri era falso? –miré a Brutus, el asistente de Carsoni, con una mezcla de miedo e indignación. Me habían engañado para que defraudara al casino de Allegri. Yo ya tenía una deuda que no podía pagar, pero era la deuda de mi cuñado. Esto era peor. Mucho peor, porque esta deuda era mía.

Me había sentado a jugar al póquer con seguridad. Había jugado y había perdido, gracias a mi debilidad y a mis propios fallos. No me quedaba nada más que mi nombre y, aunque a Allegri le había dado un nombre falso, mi intención no había sido engañarlo.

Quizá era una idiotez preocuparme por lo que él pensara de mí, pero, de algún modo, me importaba.

–Deberías darme las gracias, *ma petite* –dijo Brutus. Su manera de dirigirse a mí y su forma de mirarme de arriba abajo como hacía cada vez que venía a vernos para cobrar los intereses de Carsoni, hicieron que me dieran ganas de vomitar–. Ya debes cinco millones de euros al jefe, ¿para qué añadir otro más?

–Allegri se dará cuenta. Podría hacer que me detengan. El fraude es un delito. Entonces, ¿cómo le devolveré el dinero a Carsoni? –curiosamente, la idea de que me arrestaran no me parecía tan mala como el hecho de que Allegri me odiara.

No tenía sentido pensar en ello. No volvería a ver a Allegri y lo que pensara de mí no importaba.

Hasta ese momento había hecho todo lo posible para saldar las deudas de Jason. Quizá el camino elegido había sido demasiado ambicioso, pero la intención nunca había sido hacer algo, aunque fuera sin querer, que me convirtiera en una delincuente.

—Allegri no lo va a descubrir —murmuró Brutus—. Recuerda que empleaste un carné de identidad falso. Lo preparé yo mismo.

Habían sugerido que utilizara una identidad falsa para el caso de que Allegri descubriera mi estrategia y me echara. Yo había aceptado porque era una ingenua y estaba desesperada.

—Y Carsoni tiene otras ideas acerca de cómo puedes devolverle el dinero.

—¿Qué? —di un paso atrás al ver que él se disponía a acariciarme el rostro. Brutus agarró un mechón de mi pelo y me estiró hacia él. Su aliento, con olor a tabaco, rozó mis labios. Yo tuve que morderme la lengua para no vomitar.

Él se rio.

—Deja de aparentar que estás asombrada. Le gustas a Carsoni. Eres joven y bella y él está harto de esperar a que le pagues.

Me dolía la cabeza, y también el cuero cabelludo porque él me estiraba del pelo para ocultar su rostro contra mi cuello. Yo traté de retirarme, pero me retorció el pelo y me acarició el cuello con la lengua.

—Deja de ser tan creída —murmuró él—. Tu madre era una prostituta de lujo. Carsoni olvidará la deuda si le muestras la debida atención.

Deseaba gritar, pero el grito quedó atrapado en mi

garganta. Si gritaba, Jude acudiría en mi rescate. No
quería ponerla en riesgo a ella también. Jude no conocía las amenazas que había recibido de Brutus y de su
jefe, pero esto era peor. Sentía mucho miedo, pero no
podía permitir que se me notara. Los abusadores se
envalentonaban cuando se les mostraba miedo.

Me resistí con fuerza y él me soltó.

—Vamos a vender la casa —comenté—. Vale los cinco
millones que debemos —o eso esperaba yo.

No tenía ni idea de dónde íbamos a vivir, pero so-
breviviríamos. Yo era joven, fuerte y una gran trabaja-
dora. Y Jude también. Quizá tuviéramos que perder
Belle Rivière. El pequeño palacete era el único lugar
en el que nos habíamos sentido seguras, o importantes, mientras crecíamos junto a nuestra madre. No
obstante, por muy bonito que fuera aquel lugar, con
sus praderas llenas de flores silvestres y un río en el
que nos bañábamos cuando éramos pequeñas, la casa
de verano del siglo XVIII que había construido el
abuelo de mi madre, no era más que ladrillos y ce-
mento, por mucho que nos gustara y que albergara
miles de recuerdos.

Mi deseo de salvarla y mi negativa de venderla tan
pronto como Jason se endeudó, solo nos había producido más problemas. Había llegado el momento de
que me enfrentara a la realidad. Y dejara de luchar
contra lo inevitable. La realidad podía empeorar.

—Puede que valga lo que debes —dijo él, mirando la
biblioteca vacía. Hacía unos meses habíamos tenido
que vender los libros y los muebles para poder pagar
los intereses de la deuda de Jason—. O puede que no
—continuó mirándome fijamente—. En cualquier caso,
el jefe ya no quiere dinero.

–Pues es una pena, porque dinero es todo lo que conseguirá de mí.

La bofetada me pilló por sorpresa y no tuve tiempo de reaccionar. El dolor hizo que echara la cabeza hacia atrás y, segundos después, me caí al suelo golpeándome el hombro.

–¿Tú crees? –preguntó Brutus antes de agarrarme del cabello otra vez.

Yo intenté golpearle las manos, pero mis movimientos eran descoordinados. Al ver que me levantaba del suelo, me asusté todavía más.

–Veremos si sigues siendo una creída cuando te des cuenta de cuál es la alternativa –dijo él.

Le di una patada y él me golpeó de nuevo. Incluso a pesar de que estaba preparada, la bofetada provocó que gritara con fuerza. Un zumbido intenso retumbó en mi cabeza. Era como si un helicóptero estuviera aterrizando en la biblioteca. Pensé en Dante, en su mirada ardiente que indicaba que me deseaba.

Oí que Jude estaba llorando y que llamaba a la puerta.

–Edie, Edie, abre la puerta. ¿Qué está pasando ahí dentro?

De pronto me di cuenta de que Brutus la había cerrado con llave cuando entramos para hablar del último pago. El miedo me invadió de nuevo. Le di patadas en las espinillas y él me soltó. Me caí, me levanté, traté de correr para escapar de sus puñetazos. La habitación estaba vacía, ¿dónde podía ir?

Oí gritos afuera, y reconocí una voz grave.

«Nadie puede salvarte, excepto tú misma».

–Ven aquí –Brutus me agarró de nuevo, apretando mi brazo con fuerza.

Un ruido repentino nos sobresaltó a los dos y vi que habían arrancado la puerta de cuajo.

Dante Allegri entró en la habitación como un ángel vengador, seguido del encargado del casino.

¿Dante había venido a salvarme?

«Estás soñando. No es él. ¿Por qué iba a venir a salvarte?».

Brutus me soltó.

—¿Quién dia…? —Dante le pegó un puñetazo y Brutus se inclinó hacia delante a causa del dolor.

Dante se acercó a él y Brutus salió corriendo de allí, pasando junto a Joseph Donnelly y mi hermana.

Yo permanecí en cuclillas, observando cómo escapaba mi atacante.

¿Estaba sucediendo de verdad?

Al ver que Dante se acercaba a mí con los nudillos ensangrentados, me di cuenta de la gravedad de lo que había sucedido. La confusión y el pánico se apoderaron de mí como un terremoto. Hasta que solo sentí dolor.

Me rodeé las rodillas con los brazos. Temblaba con tanta fuerza que tenía miedo de romperme.

Él se agachó junto a mí. Su rostro estaba tan cerca que podía oler su aroma a colonia y jabón. No me lo podía creer. ¿Por qué estaba allí? ¿Por qué me había salvado? Entonces lo recordé. Le debía un millón de euros.

—*Bella* —murmuró él, acariciándome la mejilla.

Las lágrimas empezaron a rodar por mis mejillas. Sabía que no debía llorar, porque lloraba porque sentía pena de mí misma.

Jude apareció a mi lado.

—Edie… ¿te ha golpeado? Ese canalla…

Al ver que ella lloraba también, el dolor que sentía

en la cabeza y en el corazón empeoró. Presioné el rostro contra mis rodillas. No quería que Dante me viera así. Golpeada, aterrorizada e incapaz de defenderme. Me sentía avergonzada.

No podía correr, ni esconderme. Me dolía todo el cuerpo. El rostro, el codo, las costillas… Era como si estuviera anclada al suelo.

–Deja de llorar y llama a una ambulancia para tu hermana –le dijo Dante a Jude.

–Ya lo he hecho yo –intervino Joe–. Oye, chiquilla, ven conmigo. Tu hermana estará bien. Dante cuidará de ella.

Mi hermana obedeció y se alejó de allí.

«Dante cuidará de ella».

Noté un fuerte dolor en el pecho al recordar sus palabras. Era patético que quisiera que fuera verdad. Dante no tenía que responsabilizarse de mí.

Con la cabeza entre las rodillas, comencé a balancearme a pesar del dolor. Sabía que mi rostro mostraría lo que anhelaba y no podría soportar que él supiera lo que su amabilidad significaba para mí.

–Mírame, *bella* –sus palabras me recordaron la noche anterior, el momento en que yo lo había perdido todo a las cartas. O pensaba que lo había perdido todo. ¿Por qué esto me parecía mucho peor? Quizá porque deseaba aferrarme a la amabilidad que me mostraba. Porque deseaba creer que significaba algo más aparte de lo evidente. Que él sentía lástima de la patética criatura en la que me había convertido.

Negué con la cabeza, incapaz de hablar, incapaz de mirarlo.

–¿Te ha hecho mucho daño? –preguntó él–. ¿Y quién era para atreverse a ponerte las manos encima?

Había algo más aparte de furia en su voz. Un toque de protección e indignación que afectaba directamente a un lugar de mi interior que llevaba enterrado mucho tiempo. No podía permitir que esas necesidades me consumieran de nuevo, tal y como había pasado cuando era una niña, ya que podrían destruirme.

—Estoy bien —conseguí decir—. ¿Podrías marcharte, por favor?

Oí que suspiraba para no blasfemar y noté que se sentaba a mi lado.

—Eso no va a suceder, *bella* —dijo él—. Recuerda que me debes un millón de euros.

Capítulo 8

EDIE levantó la cabeza. Mis palabras habían llamado su atención.

Un fuerte sentimiento de rabia me invadió por dentro cuando vi la marca que le había dejado aquel canalla. ¿Quién era? ¿Su novio? ¿Su marido? ¿Su proxeneta?

Al instante rechacé la última opción. Solo porque su madre hubiera disfrutado de la protección de una larga lista de hombres ricos, no significaba que Edie estuviera dispuesta a venderse al mejor postor.

Iba vestida con pantalones vaqueros, camiseta y deportivas, no llevaba maquillaje y se agarraba las rodillas con fuerza como para no derrumbarse. Parecía muy vulnerable. Demasiado vulnerable.

Yo traté de reprimir el sentimiento de lástima que me invadía por dentro. La llegada de los médicos evitó que yo siguiera preguntándole acerca de lo sucedido. Y lo agradecí. Necesitaba la oportunidad de gestionar las emociones que me invadían.

Di un paso atrás para permitir que valoraran su estado, pero me costó mantenerme centrado y tranquilo.

Había ido allí furioso, para exigirle que me pagara el dinero que me debía. Para castigarla por haberme engañado. Y por escapar de mi lado. Entonces, me había encontrado con una escena que hizo que mi furia, una furia que había descubierto que tenía que ver con muchas otras cosas aparte del dinero, se convirtiera en un sentimiento mucho más complicado.

Ver a aquel canalla sujetándola no solo había provocado que sintiera la rabia natural que se siente contra cualquier hombre que maltrata a una mujer, sino también algo más personal. Lo que provocó que le diera un puñetazo y me alegrara al sentir el crujido de su mandíbula no fue el instinto de proteger a alguien más vulnerable que yo, sino la chispa de algo más oscuro y posesivo, una chispa que se había encendido la noche anterior, en el momento en que mis labios rozaron los de ella y sentí su respuesta hacia mí.

Reconocí que había sido ese instinto posesivo lo que había hecho que aquella tarde me trasladara desde Mónaco hasta el norte de Francia.

Después de todo, nunca había sentido la necesidad de perseguir personalmente a un estafador.

Mientras ella contestaba a las preguntas de los médicos, yo traté de recuperar la compostura. La luz del atardecer entraba por los cristales polvorientos y, por primera vez, me fijé en que no había ningún mueble en aquella habitación, que tenía aspecto de haber sido una biblioteca. La pintura de las paredes estaba desconchada y el techo tenía marcas de alguna gotera. Entonces, recordé que al aterrizar con el helicóptero había visto que el edificio y los jardines también estaban descuidados.

Era justo lo contrario de lo que me había imaginado que encontraría cuando me enfrentase a Edie en su casa. Me había convencido de que era una niña mimada a la que no le gustaba pagar sus deudas. Era la imagen que ella había querido ofrecer la noche que habíamos estado juntos, pero el lamentable estado en el que se encontraba el palacete de su madre contaba una historia muy diferente.

En cuanto los médicos le dieran el alta haría todo lo posible por descubrir el motivo de la pelea que Edie había tenido con aquel hombre. A juzgar por lo que había visto hasta el momento era evidente que, en lugar de ser unas niñas mimadas, Edie y su hermana eran más bien pobres.

Aunque la desesperación no era una excusa para decidir estafar durante una partida de póquer, de algún modo me parecía una justificación. Quizá eso explicaba la extraña manera en que estaba reaccionando ante ella.

Cuando la joven médica terminó de reconocer a Edie, acompañé al equipo fuera de la habitación.

—¿Cómo está? —murmuré, una vez en la puerta.

—Está bien. No hay signos de contusión, solo moratones —contestó la médica mientras se colgaba el maletín en el hombro—. Esperaré afuera a que venga la policía para darles el informe médico y que lo añadan al expediente —la médica miró a Edie, que estaba sentada junto a la ventana contemplando el descuidado jardín del palacete—. Espero que encuentren al canalla que le ha hecho esto.

«No tanto como yo».

—¿Tendrá que ir a revisión? —pregunté.

La mujer negó con la cabeza.

—Obsérvela durante las próximas horas. Si se muestra desorientada o adormilada, llámenos inmediatamente. Mañana tendrá hematomas grandes, pero por lo demás estará bien. Aparte del trauma psicológico, claro —añadió.

Después de que le diera las gracias otra vez, se marchó. Yo regresé junto a Edie, que parecía frágil y delicada en esa habitación vacía.

Ella se volvió hacia mí.

—¿Todavía estás aquí?

—Por supuesto —contesté, sorprendido de que pensara que podía haberme marchado sin saber cómo se encontraba—. Tengo que hablar con los gendarmes. Pienso darles una descripción detallada del hombre que te atacó —miré el reloj. Joe los había llamado hacía más de quince minutos—. Si es que llegan.

—¿Podrías…?

—¿El qué? —pregunté al percibir preocupación en su voz.

—¿Podrías plantearte no decirles nada acerca del cheque? Te devolveré cada céntimo, lo prometo, pero no podré hacerlo si me denuncias.

Yo no tenía ninguna intención de informar a la policía sobre el cheque, pero decidí no decírselo todavía. Tenía muchas preguntas y quería respuestas Y el millón de euros que me debía era la única ventaja con la que contaba.

—¿Cómo me lo devolverás? —pregunté, mirando la habitación. No me importaba nada el dinero, pero quería saber cómo de graves eran sus circunstancias—. No parece que te quede mucho por vender.

Ella pestañeó furiosa y miró a otro lado para disimular su preocupación. El dolor que sentía en el pecho se hizo más intenso.

—Yo… —tragó saliva. Su mirada decidida me recordó a la de la mujer que me había cautivado la noche anterior—. Todavía somos propietarias de Belle Rivière —dijo ella—. Incluso en el estado en que se encuentra debería darnos lo suficiente como para pagar la hipoteca y las deudas que tenemos con Carsoni y contigo.

—¿Jean-Claude Carsoni? —solté yo. ¿Qué diablos tenía que ver ese cretino con todo aquello?—. ¿Le debes dinero? ¿Cuánto?

Hice un cálculo rápido. Tenía que ser bastante dinero porque aquella casa valdría unos diez millones de euros.

Y ella había hablado en plural.

Entonces, ¿de quién eran las deudas que estaba pagando? A juzgar por su manera tan inteligente de jugar al Texas Hold'Em, no parecía una jugadora problemática. Además, tras descubrir el cheque falso, Joe había enviado su foto a todos los casinos para ver si en alguno la identificaban y nadie la había visto nunca.

¿Era posible que no tuviera ninguna experiencia en el juego? La admiración que sentía por ella, y por su manera de jugar, aumentó de inmediato.

—¿Conoces a Carsoni? —preguntó ella, sorprendida.

—Lo bastante como para haberle prohibido que sus servicios de préstamo operen cerca de mis casinos.

Carsoni se aprovechaba de los jugadores con problemas y les prestaba dinero a cambio de altos intereses que nunca podrían devolver.

Cerré el puño al recordar el puñetazo que le había dado al hombre que había agredido a Edie.

—¿Era uno de sus hombres, *bella*? —pregunté preocupado.

No tenía ninguna responsabilidad hacia ella. O no debía tenerla, pero el deseo de agarrar a Carsoni por el cuello y estrangularlo por haber enviado a uno de sus hombres, me indicaba que no sería capaz de alejarme de ese lío. Por mucho que quisiera.

Ella miró otra vez por la ventana.

–No comprendo por qué esto es asunto tuyo.

Quizá tuviera razón, pero, cuando la luz del sol iluminó el hematoma que tenía en la mejilla, no pude evitar sujetarla por la barbilla para que me mirara.

–Tú has hecho que sea asunto mío, solo por venir a mi casino –«y besarme de esa manera ingenua que no consigo olvidar».

Posé la mirada sobre sus labios y el recuerdo del beso apasionado que habíamos compartido se apoderó de mí.

Se le dilataron las pupilas y sus mejillas se sonrojaron. Ella giró el rostro, pero no antes de que yo pudiera ver su expresión de deseo y pánico.

«No tiene sentido negarlo, *bella*, tarde o temprano tendremos que saciar nuestro deseo, si queremos terminar con esta tortura».

Aunque el hematoma que la hacía parecer tan frágil y las pecas que la hacían parecer tan joven, dejaban en evidencia que no era el momento de perseguir la abrumadora atracción física que compartíamos.

Primero tenía que ocuparme de protegerla de Carsoni y sus matones y pedirle explicaciones acerca de la deuda que tenía conmigo.

–Te he dicho que te pagaré lo que te debo –dijo ella.

–¿Cuánto le debes a Carsoni? –pregunté otra vez.

Ella me miró con desafío. A mí me resultó extrañamente placentero.

–No es asunto…

–Basta –la silencié poniendo sobre sus labios un dedo–. Deja de ser tan cabezota y permite que te ayude. No quieres vender tu casa, si no ya lo habrías hecho antes de llegar a esto –añadí mientras le acariciaba la mejilla con suavidad.

–¿Por qué ibas a querer ayudarme? –preguntó ella–. Intenté robarte.

Se notaba que estaba avergonzada y, de pronto, supe que había más cosas detrás de la historia del cheque falso y que no me las había contado. ¿Ella había sabido que el cheque era falso? Si lo sabía, ¿por qué se había quedado tanto tiempo en la mesa de juego cuando nuestro departamento de contabilidad podía descubrir el fraude en cualquier momento? Ella era una mujer inteligente, aunque estuviera desesperada. No me podía creer que se hubiera puesto en esa situación de forma consciente.

–¿Cuánto dinero le debes a Carsoni? –pregunté por tercera vez.

Ella suspiró y abandonó.

–Empezamos con solo dos millones, pero ahora son más de cinco –dijo ella.

Yo deseaba hacer algo mucho peor que estrangular a Carsoni. Se merecía que lo colgaran y lo descuartizaran.

–Teníamos un préstamo sobre la propiedad, pero nunca conseguimos pagarlo. La deuda es cada vez más grande.

Me obligué a no reaccionar, pero mi furia y mi deseo de despedazar a Carsoni aumentaron.

–¿Cómo se contrajo la deuda? –pregunté. Estaba convencido de que no era ella la que estaba endeudada.

Me miró directamente.

–De hecho, se contrajo en The Inferno.

–¿Cómo fue? –pregunté yo.

Ella suspiró con resignación.

–Hace un año, Jason y Jude, mi cuñado y mi hermana, fueron a Mónaco de vacaciones y visitaron The Inferno. Jude todavía dice que no sabe lo que le pasó a Jason esa noche. Al principio iba ganando, pero luego comenzó a perder. Y no dejaba de jugar. Al final perdió todos sus ahorros. Regresaron destrozados. Yo estaba muy enfadada con ellos y se lo dije.

Percibía culpabilidad en su voz, y eso me molestó. ¿Estaba responsabilizándose de ese idiota? No la interrumpí. El hecho de que hubiera mencionado The Inferno, me inquietaba.

Hacíamos todo lo posible por detectar a los ludópatas y a los jugadores conflictivos para prohibirles la entrada. Yo siempre había estado orgulloso de tener un negocio en el que la gente solo jugaba con el dinero que podía permitirse perder. Al parecer, teníamos que mejorar nuestro reglamento.

–Todavía no comprendo cómo tu cuñado se endeudó con Carsoni. The Inferno no acepta préstamos avalados por él.

–Lo único que sé es que, una semana después, Jason tenía un préstamo de Carsoni y regresó a Mónaco. Supongo que no perdió ese dinero en The Inferno –encorvó los hombros como si llevara una gran carga sobre ellos–. Me imagino que lo que quería era recuperar el dinero. Desde entonces, no hemos sabido nada de él. Carsoni apareció una semana después de que Jason desapareciera y nos mostró el acuerdo que Jason había firmado en nombre de Jude para que le diera el préstamo.

Así que la deuda era de su cuñado y, por extensión, de su hermana, Jude. Sin embargo, ella no había dudado en hacerse cargo de ella.

Cada una de las ideas preconcebidas que me había

hecho de ella era incorrecta. No era una niña mimada, perezosa y cobarde. Y no quería pensar en por qué eso hacía que todavía la deseara más.

Mi deseo de estrangular a Carsoni y al cuñado de Edie era más fácil de explicar. Yo odiaba a los hombres que se aprovechaban de las mujeres.

—Deberías haberme contado todo esto cuando llegaste a The Inferno –dije, frustrado con la idea de que ella hubiera ido al casino para recuperar un dinero que se había perdido en mi ruleta.

No tenía motivos para sentirme culpable. Yo tenía un negocio y si la gente se decidía a jugar tenía que afrontar las consecuencias. No obstante, esa idea no servía para calmar el intenso dolor que sentía en el pecho.

Ella me miró con sorpresa.

—¿Qué? ¿Por qué iba a hacerlo? No es tu problema, es el mío.

—Ahora también es mi problema, ya que hay un millón de euros en deuda.

Ella se sonrojó.

—Cuando vendamos el palacete podré…

—No –dije yo–. No venderás tu casa. No lo permitiré.

—No eres tú el que toma la decisión –replicó ella.

Me obligué a calmarme. Ella estaba al borde de la ruina por culpa de su cuñado y después, uno de los hombres de Carsoni le había dado una paliza. No podía permitirse rechazar mi ayuda.

No obstante, cuando me disponía a decirle lo que había pensado hacer acerca de aquella situación, oí la sirena de los gendarmes.

Blasfemé en silencio. «Ya era hora».

Ella parecía aliviada por la interrupción.

Hablamos con la policía los dos juntos, pero, cuando

le preguntaron sobre el hombre que la estaba golpeando cuando yo llegué, ella dijo que no podría identificarlo.

Yo sabía que estaba mintiendo porque, mientras hablaba con el gendarme, me miraba suplicándome que no interviniera ni la contradijera.

Yo permanecí en silencio. Solo porque sabía que informar a los gendarmes de que Carsoni estaba implicado no era la solución.

Cuando la policía se marchó para interrogar a Jude y a Joe sobre el incidente, Edie murmuró:

—Gracias por no decir nada sobre Carsoni.

Yo asentí.

—Y por quitarme a ese monstruo de encima —añadió—. Debería habértelas dado antes.

—No tienes por qué dármelas —dije yo, tratando de disimular mi enfado por su tono impersonal.

Era evidente que estaba agotada y yo no pensaba discutir más.

Sabía muy bien cómo manejar a un vil parásito como Carsoni. Me había contenido y no había informado a la policía de que el atacante había sido uno de los matones de Carsoni por el sencillo motivo de que sabía que la policía no sería capaz de tocar al prestamista. Y sin la ayuda de Carsoni, sería imposible encontrar al hombre que había agredido a Edie.

Yo, por otro lado, me ocuparía de asegurarme de que ambos hombres pagaran por lo que le habían hecho a Edie. Y, al contrario que la policía, no pensaba jugar según las reglas.

Edie se llevó la mano a la frente.

—¿Te duele la cabeza? —pregunté yo, preocupado por el color pálido de su piel.

–No demasiado, teniendo en cuenta lo que me ha pasado –dijo ella, aunque parecía que se iba a desmayar.

La policía se marchó prometiendo que buscarían al agresor.

Yo centré mi atención en Jude, quien todavía tenía a Joe a su lado. Nunca había visto al encargado de mi casino tan atento con una mujer, claro que Jude Trouvé era casi tan guapa como Edie. "Casi". Y Joe era un hombre que apreciaba la belleza tanto como yo.

–Edie necesita descansar. ¿Puedes cuidar de ella? –le pregunté a Jude–. Los médicos dijeron que estuviéramos atentos por si se adormilaba o se desorientaba.

–Por supuesto –Jude rodeó a Edie con un abrazo por los hombros.

–No tengo tiempo para descansar –dijo Edie, tratando de zafarse de Jude–. Hemos de poner esta casa a la venta…

–No hay necesidad de que lo hagáis hoy –la interrumpí.

De hecho, no tendrían necesidad de hacerlo cuando mi equipo de abogados contactara con Carsoni y le informara de lo que iba a suceder, siempre y cuando quisiera librarse de la cárcel. Edie se estaba mostrando cabezota otra vez y yo decidí no entrar en discusiones para no agotarla todavía más.

Pensaba encargarme de manejar esa situación, con o sin su permiso, pero antes de marcharme, necesitaba asegurarme de que iban a cuidar bien de ella.

–Edie, el señor Allegri tiene razón –intervino Jude–. Podemos preocuparnos del dinero mañana. Por mucho que te preocupes ahora, el problema no va a desaparecer.

No dije nada y observé cómo su hermana la ayudaba a subir por las escaleras. Edie permitió que la guiaran, la última parte de la discusión la había dejado agotada. Verla encorvada y moviéndose con dolor, provocó que se me formara un nudo en la garganta.

Cuando llegaron al rellano, Jude me miró por encima de su hombro.

–Muchas gracias, señor Allegri –miró a Joe y se sonrojó–. Y a usted también, señor Donnelly. Son como caballeros de radiante armadura. No puedo estarles lo bastante agradecida por haber salvado a Edie de ese monstruo.

Yo no quería que me diera las gracias, igual que tampoco quería que me las diera Edie. Y sabía muy bien que yo era lo contrario a un caballero, con o sin armadura. No obstante, asentí de todas maneras.

–¿Les importa si no los acompaño hasta la puerta? –nos preguntó Jude.

Yo asentí otra vez. Tenía un trabajo que hacer antes de regresar a comprobar cómo se encontraba Edie.

Después de que Joe y yo saliéramos del palacete se me ocurrió que, mientras que Edie era la más atrevida de las dos hermanas, Jude tenía una fortaleza igual de impresionante.

–Jude me ha dicho que el cretino de Carsoni está detrás de esto –dijo Joe mientras caminábamos hacia el helicóptero–. Al parecer, le deben una cantidad astronómica de dinero y la deuda sigue aumentando.

–Lo sé –dije yo mientras me subía a la cabina del helicóptero, sintiendo que la furia me invadía de nuevo–. Ten por seguro que mañana no le deberán nada.

Capítulo 9

A LA MAÑANA siguiente me desperté al sentir el sol que entraba por la ventana de mi habitación y no pude evitar quejarme. El dolor que sentía en el pómulo y en el codo no era tan intenso como el vacío que sentía en el vientre al pensar que aquel sería mi último verano en Belle Rivière.

Bajé de la cama y me acerqué hasta el banco que había junto a la ventana donde había pasado horas leyendo, durante los meses de verano en los que mi madre se mostraba alegre y feliz porque tenía un nuevo hombre para protegerla. El estado de alegría nunca había durado demasiado, ya que los hombres poderosos solían aburrirse fácilmente, sobre todo cuando las mujeres con las que salían tenían una carga emocional como la de mi madre, una mujer insegura y necesitada. Durante las semanas o meses que duraba la nueva relación, Jude y yo aprendimos a pasar desapercibidas y a ser autosuficientes para que mi madre pudiera concentrarse en el hombre nuevo que había entrado en su vida. Y seguir feliz. Eso solía implicar ir a colegios internos en Inglaterra durante el invierno y pasar los veranos en Belle Rivière, donde solíamos estar con el servicio mientras mi madre callejeaba por el país agarrada del brazo de su nueva pareja.

Cambiábamos a menudo de colegio interno, según le apetecía a mi madre o dependiendo de cuánto estuviera dispuesto a pagar el hombre con el que estuviera saliendo en esos momentos por nuestra educación. Sin embargo, Belle Rivière había sido una constante en nuestras vidas. Y allí era donde más echaba de menos a mi madre.

Mi madre nunca fue perfecta, pero si estuviera viva habría sido capaz de hacer que olvidáramos nuestras preocupaciones, probablemente organizando un picnic o una fiesta. Nunca se le dio bien encontrar soluciones prácticas, pero había sido una maestra de las distracciones divertidas. Cuando murió, la risa y la alegría desaparecieron de nuestras vidas. Y yo daría cualquier cosa por ver el brillo de sus ojos otra vez.

Me senté para mirar por la ventana el paisaje que había llegado a amar durante aquellos veranos, pero lo único que vi fue la belleza de lo que iba a perder.

El bosque de robles y el pinar que marcaba el perímetro de la propiedad. Las ruinas de una vieja capilla de piedra en la distancia invadida por rosas silvestres.

El prado lleno de amapolas rojas que guiaban hasta el río. Abrí la ventana y respiré el aroma de las flores. Oía el ruido del agua en la distancia y recordé la risa de mi madre, alegre, jovial y seductora.

Tragué saliva. ¿Cómo sobreviviría sin ese oasis en mi vida? Después de haber perdido a mi madre, no estaba segura de que pudiera soportar perder aquello también.

Me apreté el puente de la nariz y me sequé la lágrima que empezó a rodar por mi mejilla.

—Edie, por fin te has levantado.

Me giré y, al sentir dolor en el cuello, hice una mueca. Jude estaba en la puerta, sonriendo.

—Hola —le dije, masajeándome el cuello.

—¿Cómo te encuentras? —preguntó, y atravesó la habitación. Su voz denotaba preocupación y cierta excitación.

—Estoy bien —dije yo, decidida a no preocuparla más—. Solo desearía... —pestañeé. «No llores. Solo empeorarás la situación»—. Desearía haber encontrado la manera de poder mantener Belle Rivière.

Si al menos pudiera acurrucarme en el centro de la cama y conseguir que desaparecieran todas las preocupaciones, tal y como hacía de niña, cuando oía a mi madre llorar, o los gemidos que emitía cuando hacían el amor en la habitación de al lado, un sonido que siempre me había confundido y asustado.

Jude se sentó frente a mí y me dio la mano.

—Creo que podremos salvar Belle Rivière. Tengo novedades.

—¿Qué novedades?

—Novedades increíbles —dijo Jude—. Dante Allegri acaba de llamar. Ha conseguido que Carsoni nos cancele la deuda. No le debemos ni un céntimo a ese canalla.

—¿Qué? —la miré alucinada, forzándome a contener la alegría que inundaba mi corazón—. ¿Cómo lo ha conseguido?

—No tengo ni idea —dijo ella, con una amplia sonrisa—. No se lo he preguntado. En realidad, me da igual. Lo único que me importa es que nadie vuelva a hacerte daño nunca más. Y, si podemos mantener Belle Rivière, todavía mejor —me agarró de los brazos—. Tú eres lo único que me preocupa de verdad —añadió—. Nunca debería haber permitido que te pusieras en riesgo de esa manera —miró a su alrededor—. También me encanta este lugar, pero para mí nada es tan importante como tú, Edie.

–Ha debido de pagar la deuda –dije yo–. Es lo único que tiene sentido.

–¿De veras lo crees? –dijo Jude con cara de sorpresa–. Según los cálculos, le debíamos a Carsoni más de cinco millones de euros.

–Lo sé –contesté con un nudo en el estómago.

Nadie había hecho algo así por mí jamás. ¿Por qué lo iba a hacer él?

La pasión de sus besos invadió mis recuerdos y provocó que una sensación de calor me inundara por dentro. ¿Era posible que…?

–Debes de gustarle mucho –dijo Jude–. Incluso pegó a Brutus por ti.

«Por favor, Edie, Dante Allegri puede conseguir a la mujer que desee. Ese hombre sale con supermodelos. ¿Por qué iba a elegirte a ti?».

Me cubrí los labios con la mano al recordar cómo había acariciado el interior de mi boca con su lengua, provocando que todos mis sentidos enloquecieran.

De acuerdo, él me había deseado tanto como yo a él, pero yo sabía que la promesa de ese beso no valía cinco millones de euros. Yo era una mujer inexperta. Y seguía siendo virgen. Aunque él no lo sabía.

–¿Tú crees…? ¿Crees que te querrá como amante?

–No lo sé –dije yo, sin estar tan asustada con la idea como debería.

Una oleada de calor me invadió por dentro. La idea de acostarme con Carsoni por dinero me había horrorizado, pero la idea de continuar con Allegri lo que el beso había iniciado no me disgustaba nada. De hecho, lo único que me preocupaba era que, cuando descubriera que era virgen y que no sabía cómo complacer a un hombre, pudiera pedir que le devolviera los cinco millones de euros.

Después de todo, convertirme en la amante de Allegri por el hecho de que él hubiera pagado la deuda me comprometería de la misma manera que mi madre había estado siempre comprometida. En realidad, debería sentirme atrapada y humillada, pero no podía mostrar ni vergüenza ni indignación. Para nada.

La idea de haberme librado de la deuda era tan embriagadora como el recuerdo de aquel beso apasionado… Y la promesa de cómo podía terminar.

—Bueno, supongo que pronto lo descubriremos —dijo Jude—. Vendrá más tarde a ver cómo te encuentras.

Mi corazón comenzó a latir con fuerza mientras un intenso calor se instaló en mi vientre.

Entré a jugar en el casino de Allegri y perdí, precisamente porque estaba decidida a demostrar que no era tan dependiente como mi madre. No obstante, al pensar en lo que Dante podía querer de mí, un fuerte calor invadió mi cuerpo y humedeció mi entrepierna, provocando que comenzara a dudar de si era cierto.

Capítulo 10

NO PUEDO agradecerle lo suficiente que nos haya ayudado, señor Allegri. Mi hermana y yo estamos en deuda con usted. Estoy dispuesta a mostrarle mi agradecimiento de cualquier modo que crea apropiado. Soy consciente de que los cinco millones de euros valen mucho más que mi agradecimiento.

–¿De qué cinco millones estás hablando, *bella*? –pregunté yo, tratando de controlarme al ver el hematoma que Edie Trouvé tenía en la cara y que se le había extendido bajo el ojo durante la noche.

¿Qué locura era esa? ¿Y no había manera de que esa mujer dejara de excitarme y de enojarme a la vez?

Ella se puso en pie frente a mí, en la misma habitación vacía donde había sido agredida el día anterior. A pesar de su evidente fragilidad, no parecía consciente de su vulnerabilidad. Su rostro mostraba esperanza, como si yo fuera un salvador. Nada más lejos de la realidad.

–¿No le ha pagado a Carsoni el dinero que le debemos para que cancelara la deuda?

–No, no se lo he pagado.

Ella frunció el ceño, confusa.

–Entonces, ¿cómo ha conseguido que la cancelara? Mi frustración aumentó al darme cuenta de que mi deseo por ella no había disminuido ni una pizca, a pesar de su ingenuidad.

—Yo no he conseguido que cancele el crédito. Ha sido mi equipo de abogados —dije yo—. El contrato que firmó tu cuñado no era válido —o habían convencido a Carsoni de que intentar que se cumpliera le saldría más caro del valor de la deuda, no solo en cuestión de dinero, sino por el golpe que recibiría su reputación en la Costa Azul—. Carsoni ha aceptado perdonar la deuda al darse cuenta de que, si seguía reclamándoos dinero, iba a enfrentarse con Allegri Corporation en los tribunales y no con dos mujeres insolventes.

Mis abogados también le informaron de que su organización quedaría sometida a una investigación si yo decidía informar a la policía de quién había contratado a Severin.

—Yo... Oh —ella parecía más desconcertada que satisfecha—. Entonces, ¿no ha pagado los cinco millones de euros en nuestro nombre?

—No, desde luego que no.

—Ya. Bueno, eso está bien. Muy bien —contestó, sin poder evitar sonrojarse.

—¿Qué tipo de agradecimiento tenías en mente, *bella*? —pregunté yo, provocando que se sonrojara todavía más.

—Yo... ¿Puede olvidarse de lo que he dicho?

—No, me temo que no. Solo me preguntaba qué clase de agradecimiento podría valer cinco millones de euros.

—No importa —dijo ella, tratando de evitar el contacto ocular.

—Cinco millones de euros es mucho dinero. Con

esa cantidad, esperaría algo excepcional –añadí bromeando.

Cuando ella levantó la cabeza y me miró, una extraña sensación de que ella valía cada céntimo de esa cantidad me pilló desprevenido.

Si piel estaba sonrojada a causa de la vergüenza, pero sus ojos brillaban con la fortaleza de una valquiria.

Al parecer, Edie Trouvé resultaba ser una mujer honesta e intrépida.

El deseo se apoderó de mí otra vez.

¿Cómo sería tener a esa mujer en mi cama, rindiéndose ante el placer?

En realidad, Edie Trouvé no era intrépida, sino que estaba desesperada. Y, en cierto modo, me había ofendido al ofrecerme su gratitud como pago de los cinco millones de euros. No había nada de honesto en lo que ella me ofrecía. El sexo era una transacción, como todo lo demás en la vida, y lo único que ella había hecho era demostrarlo una vez más.

Siendo muy pequeño había aprendido que los deseos y las necesidades lo vuelven a uno más débil. Forjé mi fortuna, me creé un futuro yo solo, sin depender ni confiar en nadie, consciente de que nadie da nada gratis. Siempre hay un precio, y la oferta de Edie no era diferente.

–Se está burlando de mí –dijo ella, sin brillo en la mirada–. Quiero agradecerle, señor Allegri, que haya contactado con Carsoni para esto. Si me puede decir cuánto son las tasas legales yo me ocuparé de pagárselas.

Debería haberme sentido resarcido con su rendición. Sin embargo, su tono de derrota tuvo el efecto contrario sobre mí.

–Mi equipo legal está contratado, así que no habrá tasas adicionales por este trabajo.

Ella asintió.

–Entonces, solo me queda devolverle el millón de euros que le debo.

–Esa deuda también está perdonada –dije yo.

–¿Está seguro?

–Dime una cosa… ¿Sabías que el cheque era falso?

Ella negó con la cabeza.

–Pero, aun así, perdí dinero en la mesa de juego, entonces, estoy en deuda con usted.

–Sí, pero, por desgracia, es evidente que no puedes permitirte devolverlo.

Su respiración agitada y la manera en que sus pezones se transparentaban bajo la tela desgastada de la camiseta que llevaba, hacían que me resultara difícil concentrarme en aquella conversación.

El deseo de tomarla entre mis brazos y quitarle la expresión de preocupación del rostro no era algo que pudiera satisfacer mientras siguiera magullada. Había ido allí con un propósito completamente diferente. Debía concentrarme en ello, antes de que acabara haciendo algo de lo que pudiera arrepentirme.

Necesitaba tiempo para considerar la atracción que sentía por esa mujer, ya que, en vista de las circunstancias, tenía menos sentido del que había tenido dos noches atrás, cuando pensaba que era la hija mimada de un hombre rico.

Las valquirias menudas tampoco eran mi tipo.

Durante la noche que había pasado en un hotel cercano, había estado haciendo una investigación acerca de su familia por Internet y había decidido que, ofrecerle un cargo como parte de mi equipo para preparar la fiesta que celebraría en mi finca de la Costa Azul, tenía incluso más sentido que antes.

Quizá estuviera a punto de estar desahuciada en la actualidad, pero su familia tenía un linaje aristocrático que podía seguirse hasta los hugonotes y hasta las esferas más altas de la alta sociedad británica. Ella había nacido como resultado de una aventura amorosa entre su madre y el hijo casado de un duque británico. Su bisabuelo había sido un conde francés y uno de sus abuelos ese duque británico. Quizá su padre y la familia por parte de su padre nunca la habían conocido, pero la sangre azul corría por sus venas, mientras que la mía era roja y silvestre como la de las amapolas que crecían en el prado.

Por supuesto, ella había ido a las mejores escuelas, mientras que yo lo había aprendido todo en las calles de Nápoles, rebuscando y esforzándome para conseguir cada bocado. Todo el mundo sabía que yo había crecido sin tener nada. Era un jugador, un multimillonario que me había forjado mi propia vida y, aunque yo siempre había estado orgulloso de lo que había conseguido, tenerla como parte de mi equipo en esa fiesta me daría un estatus que podía venirme bien y por el que estaba dispuesto a pagar.

Y, bien utilizado, su talento en la mesa de juego no tendría precio.

De alguna manera, nuestras circunstancias no eran tan diferentes. Ella también era ilegítima, y había estado a merced de situaciones que no podía controlar. Había trabajado duro para estar por encima de sus circunstancias, igual que yo había trabajado duro para borrar las circunstancias de mi nacimiento y estar por encima de mi posición social.

No obstante, la admiración que sentía por ella terminaba ahí. Y darle una oportunidad no significaba nada más. Siempre y cuando comprendiera que yo no era un hombre caritativo y que no hacía nada de buen corazón, ya que no tenía corazón.

El recuerdo de algo que no deseaba recordar invadió mi memoria y decidí ignorarlo.

Las dos situaciones no eran iguales. Entonces, yo había sido un niño. Ahora era un hombre que se había convertido en invulnerable al dolor.

—Tu hermana me ha contado lo graves que son vuestros problemas económicos —le dije—. Tengo una posible solución.

—¿Cuál es? —dijo ella con desesperación.

—¿Te plantearías trabajar para mí? —pregunté.

—Me… ¿Me está ofreciendo un trabajo?

Parecía tan sorprendida que no pude evitar sonreír.

—Resulta que a finales de mes voy a dar una fiesta en la finca que me he comprado en Niza. Podría utilizar tu talento como parte del equipo que estoy formando.

—¿Qué es exactamente lo que necesita que haga? —dijo ella.

—Los invitados serán los hombres y mujeres de negocios más poderosos del mundo. Todos han mostrado interés en invertir para la expansión de la marca Allegri. El evento es una manera de evaluar su idoneidad como inversores. Durante la semana, ofreceré algunas partidas de póquer. Ese tipo de persona es muy competitivo y disfruta con los juegos de azar.

Me detuve un momento y la miré con intensidad.

—Lo que no saben es que su manera de jugar al póquer habla mucho más acerca de su personalidad y su visión sobre los negocios y, por tanto, si seremos compatibles, que un simple informe de pérdidas y beneficios de su empresa. No obstante, pienso que esas personas, aparte de competitivas, también han de ser lo bastante inteligentes como para saber que no deben ganarme en la mesa de póquer. Necesito a alguien que no los intimide, pero que pueda observar cómo juegan y hacer esas valoraciones por mí –esperé a ver cómo reaccionaba, sorprendido por cómo deseaba que dijera que sí.

Quizá la atracción que sentía hacia ella fuera inesperada, pero me había pasado la vida siguiendo mi instinto. Cuando pensé en ofrecerle el puesto de anfitriona era consciente de los beneficios que podía tener para ambos y no veía por qué eso debía cambiar. Ella había dejado muy claro que estaba dispuesta a cruzar la línea entre empleada y amante y, por su manera de reaccionar, era evidente que me deseaba tanto como yo a ella.

–Te pagaré cuatro mil euros por la quincena –dije yo–. Joe te hará un resumen de cada uno de los participantes, y de lo que necesito saber acerca de ellos. Si haces un buen trabajo y tu talento nos resulta tan útil como espero, pensaría en la posibilidad de ofrecerte un empleo de prueba.

Ella pestañeó y se sonrojó, pero no dijo nada.

–Entonces, ¿quieres el trabajo? –le pregunté, mostrando mi impaciencia.

–Sí, sí –dijo ella–. Acepto el trabajo. Muchas gracias.

Una sensación de triunfo me invadió por dentro.

Ella se mordisqueó el labio inferior y, al verla, el deseo se apoderó de mí.

Saqué una tarjeta de mi bolsillo trasero y se la entregué a Edie.

—Joe contactará contigo dentro de un par de días para darte todos los detalles del contrato. Si necesitas contactar conmigo directamente, mi número personal está en la tarjeta.

Ella agarró la tarjeta y asintió. Entonces, esbozó una sonrisa tímida y tentadora y sus ojos de color verde esmeralda brillaron con fuerza.

Me di cuenta de que nunca la había visto sonreír y, de pronto, su belleza me pareció más singular y exquisita.

Ella acarició la tarjeta con el pulgar y, al instante, se le humedecieron los ojos.

—Muchas gracias por todo, señor Allegri —dijo ella—. No lo decepcionaré. Se lo prometo.

—Entonces, empieza por llamarme Dante —le dije.

—Gracias, Dante —dijo ella.

Me giré para marcharme y, una vez en el coche, me di cuenta de que no conseguía calmar mi estado de agitación. Empecé a pensar que la atracción que sentía por Edie Trouvé fuera más allá de lo físico… Y eso no sería nada bueno.

Capítulo 11

CUANDO el helicóptero aterrizó en el helipuerto, pensé que se me iban a salir los ojos de las órbitas.

Belle Rivière era un lugar bonito, pero no tenía ni el esplendor ni la elegancia de la finca que Dante Allegri poseía en la Costa Azul. Más de diez acres de jardines con terrazas que llevaban hasta el mar por tres lados distintos. Había estatuas, esculturas, cascadas y estanques y, en la parte trasera de la casa, una gran piscina de mármol con unas escaleras que llevaban a un muelle en una de las tres playas privadas de la finca.

Mientras el helicóptero daba vueltas, vi que por el jardín había casas para invitados, pero parecía que el palacete debía de tener al menos veinte o treinta habitaciones. Era una mansión construida originalmente por un príncipe portugués.

Yo sabía que Dante Allegri era un hombre rico, pero nunca me había imaginado que tanto.

Cuando me disponía a bajar del helicóptero vi que dos empleados se habían acercado a recibirme. Veinte minutos antes, Joseph Donnelly se había despedido de mí en Mónaco.

Los tres últimos días los había pasado con él y el personal del casino para que me informaran acerca de los invitados que asistirían a la fiesta de Dante Allegri. Yo había anotado sus nombres, los negocios que poseían, sus preferencias y cómo debía dirigirme a ellos. También había investigado acerca de sus finanzas y de cómo habían ganado el dinero, para poder observar su manera de jugar y valorar su actitud ante el riesgo.

Durante el tiempo que estuve en el apartamento que me habían asignado en el casino, no vi a Allegri ni una vez, y me alegré por ello. Necesitaba tiempo para calmarme y controlar mi manera instintiva de reaccionar ante él, antes de verlo de nuevo.

Quería dar una buena impresión. Necesitaba obtener el trabajo que me había ofrecido, si quería tener la oportunidad de salvar, no solo mi orgullo, sino también las finanzas de mi familia y Belle Rivière. Allegri nos había liberado de las amenazas de Carsoni y de las terribles deudas, pero todavía teníamos una hipoteca considerable y la casa estaba desamueblada y en un estado lamentable. Jude había sugerido que la convirtiéramos en un *bed and breakfast*, para que no nos costara mantenerla, pero para eso habría que invertir en ella. Y con un buen trabajo podría conseguir el dinero que necesitábamos desesperadamente.

Allegri… No, Dante, me había dado una oportunidad y yo deseaba aprovecharla al máximo.

Por suerte, él no sabía que no tenía nada de experiencia en ese tipo de eventos sociales. Mi madre había sido rechazada por la alta sociedad tanto en el Reino Unido como en Francia, y mi única experiencia tenía que ver con el tiempo que había pasado observando el comportamiento de las hijas de los ricos en el colegio privado, y más recientemente los trabajos que había realizado como asistenta en las casas de los ricos y privilegiados.

No obstante, aunque no tuviera un lugar entre la alta sociedad, era capaz de comprender las cifras y las probabilidades. Joseph Donnelly me había dicho que Dante prefería datos claros y precisos. Si conseguía darle datos acerca de lo bien que jugaba cada persona, qué riesgos corrían y cuáles no, las apuestas que hacían, las apuestas que ganaban, las veces que mentían y demás, conseguiría una gran cantidad de información que él podría utilizar en su beneficio. Yo ya había ideado varias fórmulas que me ayudarían a recopilar la información.

Sobre todo, quería impresionarlo para que supiera que no se había equivocado a la hora de darme esta oportunidad.

—Señorita Trouvé, bienvenida a la Villa Paradis. Me llamo Collette, y soy la gerente de la villa del señor Allegri —me dijo una mujer mayor en perfecto inglés antes de pedirle a un joven botones que llevara mi maleta—. Pascal llevará su equipaje hasta la casa de invitados que el señor Allegri le ha asignado. Espero que el vuelo no haya sido muy cansado.

—En absoluto —dije yo. El vuelo había sido otra buena experiencia. Yo nunca había viajado en helicóptero—. Ha sido perfecto —añadí.

Collette me dedicó una cálida sonrisa.

—Bien, entonces deje que la acompañe a su casa de invitados. He pedido que le sirvan una comida ligera, pero si necesita algo más hágamelo saber.

—Gracias —asentí, desconcertada por su manera de dirigirse a mí. Yo también era empleada de Dante, y no una invitada.

—Pensé que a lo mejor le gustaría descansar una hora antes de su cita con la estilista —añadió ella—. Así que he retrasado la cita hasta las tres, si le parece bien.

—Sí, pero… ¿qué estilista? —pregunté desconcertada.

—El señor Allegri ha contratado a Nina Saint Jus de La Roche para que retoque su aspecto —dijo ella, nombrando a una diseñadora parisina, tan famosa que incluso yo la conocía.

—¿Mi aspecto? —repetí, sonrojándome.

Aparte del vestido de segunda mano que había llevado al casino la noche que conocí a Dante, mi armario solo contenía pantalones vaqueros y camisetas en diferentes estados. Joseph ya me había dado un anticipo de mi salario y yo había conseguido comprar algunas prendas por Internet para evitar parecer una chica sencilla que Dante había sacado de la calle.

Yo sabía que, para representar bien mi papel, la ropa era importante, pero ¿una estilista? ¿Cómo iba a pagar esa ropa? Probablemente costaría más que todo mi salario.

—¿El señor Allegri no le ha comentado nada? —preguntó Collette con una sonrisa, como si no estuviera nada sorprendida.

—No, no me lo ha mencionado.

—¡Hombres! —dijo ella, y me sonrió con complicidad. Me dio una palmadita en la mano y me guio por un camino rodeado de palmeras, y flores—. El señor Allegri llegará después de comer —añadió—. Ha pedido que se reúna con él para cenar después de la prueba de ropa. Entonces, podrá hablar con él.

En lugar de tranquilizarme, el comentario de Collette provocó que me entrara más pánico y que se me formara un nudo en la garganta.

Diez horas más tarde, mientras me acompañaban hasta el salón del ala este de la mansión y por una escalera hasta la entreplanta, una fuerte preocupación me invadió por dentro.

Quería dar la mejor impresión, pero la prueba de ropa no había ido bien. A pesar de que yo había intentado gastarme poco dinero, la estilista y sus tres ayudantes habían insistido en que me deshiciera de mi ropa y eligiera un nuevo vestuario.

Esa noche llevaba un vestido de raso de color rojo fuego que había elegido la diseñadora de su colección de *prêt a porter*. Me habían peinado el cabello formando una cascada de rizos que caía por mi espalda, y me habían maquillado. Todo ello lo había conseguido un equipo de estilistas que había venido a mi casa una hora antes de la cita que tenía con Dante para cenar.

Al caminar, el caro vestido de raso me acariciaba la piel. Era maravilloso, el vestido más bonito y más caro que había llevado en toda mi vida. La diseñadora se había referido a él como un simple vestido de cóctel, mientras me tomaba las medidas para diseñar una serie de vestidos más formales para que me los pusiera durante los eventos que Dante tenía programados durante la semana.

Decir que toda esa actividad me había intimidado sería quedarme corta.

«¿Qué eventos?», me pregunté.

Mientras caminaba por la galería que rodeaba el salón, el sonido de las sandalias de tacón que llevaba quedaba amortiguado por la alfombra.

Las paredes estaban decoradas con arte moderno, y ni las molduras ornamentadas ni la elegante iluminación servían para calmar mis nervios.

Era como si no me sintiera yo misma. Al mirarme en el espejo, no me había reconocido.

Durante la cena, tendría que contarle la verdad a Dante. Una verdad que yo esperaba ocultar. Que realmente no encajo en este mundo. En su mundo. Que podría provocar un gran desastre en el trabajo que me había encomendado, decir algo inapropiado o dirigirme a alguien de la manera equivocada. Que era posible que algunos de los invitados conocieran a mi madre, o al menos conocieran su mala reputación. Y que yo no podía pagarme esa ropa.

Mi acompañante, un joven llamado Gaston, abrió una gran puerta y me dejó pasar primero a una habitación que podía ser fácilmente del tamaño de la planta baja de Belle Rivière. Dante estaba de pie al otro lado del salón, mirando por la ventana. Había una larga mesa que ocupaba la mayor parte del espacio y que estaba preparada para dos personas.

¿Íbamos a cenar solos?

–*Bon appétit, mademoiselle* Trouvé –Gaston hizo una reverencia y se marchó, cerrando la puerta antes de que yo pudiera darle las gracias.

Dante se volvió hacia mí. Me miró, pero no se acercó, así que me vi obligada a caminar hacia él.

–Hola –saludé con nerviosismo.

Dante sonrió y se fijó en mi vestido. La tela de raso rozaba mi sensible piel como si fuera papel de lija.

—Veo que Nina ha hecho un buen trabajo —dijo él—. Estás preciosa, *bella*.

Su voz provocó que se me humedeciera la entrepierna.

—Gracias —dije yo, y me mordisqueé el labio inferior.

«Díselo ya, boba».

—Tienes un problema —comentó él. Había percibido mi nerviosismo—. ¿No te gusta el vestido?

—No, me encanta. Es solo…

—¿Qué?

—No puedo permitírmelo. Ninguno de ellos.

Él se rio.

—Entonces, menos mal que los voy a pagar yo.

—Pero… ¿De veras? —estaba completamente abrumada.

Él sonrió.

—Por supuesto, necesito que te adaptes al papel, Edie. Algunas personas pensarán que eres mi amante.

—¿En serio? —me sonrojé.

—¿Supone un problema? —él apretó los dientes y tuve la sensación de que quizá lo había ofendido con mi reacción.

—No, en absoluto. Es que… No esperaba que pagaras por mi ropa. Aparte del generoso salario que me estás pagando.

—Todo eso forma parte del trabajo, *bella*. Si lo deseas de verdad, siempre puedes devolverme la ropa cuando termine el evento, aunque dudo que me quede bien.

Me reí y él puso una amplia sonrisa.

Dio un paso adelante y me acarició la mejilla con el pulgar.

–¿Se te ha curado el hematoma? ¿O es el resultado del trabajo de una buena maquilladora?

Algo me hizo estremecer y traté de restarle importancia. Su preocupación no era nada fuera de lo normal, solo se mostraba como cualquier jefe considerado. El motivo por el que yo me lo tomaba tan en serio era porque nunca había tenido a un hombre mirándome de esa manera, como si de verdad le preocupara que me hubieran herido.

–Sí, está mejor. Gracias.

–Me alegro –murmuró, antes de retirar la mano para señalar la mesa que habían preparado para dos–. Sentémonos –me dijo–. Será una cena de trabajo. Tenemos mucho que hablar acerca de la semana que viene.

Mientras me ayudaba a sentarme, los camareros sacaron una selección de ensaladas, pan fresco y embutido como aperitivo. A mí me dio un vuelco el corazón.

Debía ser sincera acerca de mis conocimientos para realizar ese trabajo, o, mejor dicho, de mi falta de conocimientos.

Él me sirvió una copa de vino y yo me lo bebí mientras me servía la comida.

–Señor Allegri, hay algo que debo…

–Llámame Dante –dijo él–. Eres parte de mi equipo, no una camarera.

Me aclaré la garganta y me sonrojé al ver que me miraba con atención.

–Dante, no estoy segura de quién crees que soy.

–¿Y eso? –preguntó él, tomando un sorbo de vino.

Su mirada intensa hizo que me sonrojara todavía más.

Nunca me había avergonzado de mis orígenes. Era

hija ilegítima y nunca había conocido a mi padre. De hecho, él no nos había reconocido, ni a mí, ni a mi hermana, porque éramos el resultado de una aventura extramatrimonial. A pesar de eso, yo nunca me avergoncé de la decisión de mi madre.

En muchos aspectos, ella había sido imprudente, irresponsable y egoísta, pero también había sido alegre y adorable. Sus aventuras amorosas y su falta de decoro se habían publicado en la prensa amarilla. Ella había tratado de protegernos de todo eso, pero en los colegios internos, yo había oído todos los comentarios acerca de su comportamiento. Que, si se dedicaba a romper matrimonios, que, si era una zorra, una prostituta. Durante años me metí en varias peleas para defender su honor, incluso a pesar de que sabía que era indefendible. La única vez que me había enfrentado a ella acerca de ese tema fue cuando salió en los periódicos que ella había roto el matrimonio de un actor famoso, y las chicas del colegio nos hicieron la vida imposible a Jude y a mí. Mi madre simplemente se rio y dijo:

—Si su esposa quería mantenerlo a su lado debería haberse esforzado más para tenerlo entretenido.

A mí, sentada enfrente de Dante, me resultaba difícil explicar mi infancia sin desear que hubiera sido diferente.

—Creo que te has hecho una impresión acerca de mí después de ver Belle Rivière y de oír que provengo de una familia aristocrática y que, por tanto, crees que me manejo bien entre la alta sociedad, pero no es así.

Él no parecía sorprendido por mi comentario.

—Eres la nieta de un duque británico, ¿no es así?

La presión que sentía en el pecho era insoportable.

–Mi madre siempre decía eso –contesté–, pero yo nunca lo conocí. Ni a él, ni a mi padre. Y nuestro padre nunca nos reconoció.

Nunca me habían importado las circunstancias de mi nacimiento, ni que mi padre hubiera elegido no ser parte de mi vida. Sin embargo, por primera vez, en lugar de sentirme indiferente hacia el hombre que me había engendrado, deseaba que pudiera confirmar el linaje, que Dante pensaba que tenía.

No quería perder ese trabajo, y ya no era por el dinero. Era la primera vez que tendría la oportunidad de demostrar mi valía. Y, además, me gustaba la idea de pasar diez días en su compañía. Debía admitirlo, después de que me rescatara, de que nos hubiera librado de nuestros problemas y del beso que habíamos compartido, me había enamorado de él. Cuando comentó que era posible que algunas personas pensaran que yo era su amante, me invadió un sentimiento de orgullo y emoción.

–Me eduqué en colegios privados, pero nunca he asistido a un evento como el que vas a dar aquí.

Él entornó los ojos y se puso serio, pero yo no estaba segura de si estaba enfadado, o decepcionado.

–¿Por qué me cuentas todo esto?

–Porque no quiero decepcionarte –dije yo–. Aunque no reconozco ninguno de los nombres que aparecen en la lista de invitados, puede ser que alguno haya conocido a mi madre, y que sepa muy bien que soy… –respiré hondo y aparté la mirada, incapaz de seguir mirándolo a los ojos. Era difícil decir la palabra, porque siempre había tratado de convencerme de que no me definía, pero sabía que debía ser sincera con él y contarle quién era y cuáles eran mis habilidades para desempeñar el trabajo que me había dado. Dante me había comprado un increíble vestuario, me había alojado en una de las casas de invitados, me estaba pagando un sueldo de cuatro cifras por trabajar dos semanas y me trataba con respeto, como si fuera algo más que una empleada. Incluso parecía contento de que la gente pudiera pensar que éramos pareja. Había confiado en mí de una manera en que ningún hombre lo había hecho.

—¿Que tú eres, qué?

—Que soy ilegítima —conseguí decir—. El señor Donnelly dijo que uno de los propósitos de este evento era incrementar el perfil público de tu empresa y conseguir que la marca Allegri adquiera más estatus y respeto —era evidente que lo había enfadado con mi confesión, a pesar de que él trataba de ocultarlo. Me despediría, seguro. ¿Por qué creía que podría ocultar quién era yo en realidad? Al cabo de un instante, continué hablando—. No me gustaría que mi presencia interfiriera con eso, ni mancillar el nombre de tu empresa, aunque sea sin querer.

Capítulo 12

ME QUEDÉ asombrado, no por lo que Edie me había contado, que no era ninguna novedad, sino por la sinceridad y la angustia que reflejaba su rostro mientras hablaba. Yo apreté los dientes, tratando de no mostrar mi reacción. Y, sobre todo, de no sentir lo que estaba sintiendo.

Sin embargo, a pesar de mi esfuerzo, la rabia hacia los que la habían despreciado por las circunstancias de su nacimiento, fue reemplazada por un molesto sentimiento de conexión, al darme cuenta de que ella había sufrido los mismos prejuicios e insultos que había sufrido yo de pequeño.

Edie dejó la servilleta sobre la mesa y se puso en pie.

—He de irme —comentó.

Yo me puse en pie y rodeé la mesa para agarrarla antes de que pudiera escapar de mi lado otra vez.

—¿Dónde vas? —pregunté.

—¿No quieres que me vaya?

—*Bella*… ¿Por qué piensas tal cosa?

—Acabo de decirte que mi madre era una… —tragó saliva—. Ella tenía muy mala reputación, Dante. No quiero…

—Shh —le cubrí los labios con un dedo—. Mi madre era prostituta callejera en Nápoles, Edie —dije yo, rompiendo el silencio que había mantenido desde pequeño—. Se acostaba con hombres en los callejones, y por muy poco dinero. A veces los traía a la habitación donde vivíamos. Mis recuerdos más tempranos son los sonidos de una relación sexual desde la cuna.

Ella me miró asombrada, pero yo no pude evitar contarle la cruda realidad. Era ridículo que me sintiera seguro dándole esa información. Apenas la conocía, pero había algo en su manera de confiar en mí, no para que sintiera lástima por ella, sino para proteger la fama de mi empresa, que me había afectado en un lugar donde pensaba que nadie podía afectarme.

—¿De veras crees que lo que tu madre hiciera o dejara de hacer podía ser peor que eso?

Le acaricié la mejilla y, al notar el calor de su piel sonrojada, sentí ganas de besarla en los labios y devorarla.

No era una mujer inocente. ¿Cómo iba a serlo teniendo un pasado como el que tenía? Había crecido a base de golpes, igual que yo. Ambos habíamos sufrido gracias a la debilidad y los prejuicios de otros. Eso nos conectaba de un modo que, aunque no me gustara, no podía ignorar.

—Lo siento, Dante —dijo ella, cubriendo mi mano con la suya. Sus palabras y el calor de su mirada me confundieron, ¿quién estaba consolando a quién?—. Debió de ser muy traumático para ti cuando eras un niño —añadió.

Yo retiré la mano, horrorizado por todo lo que me estaba haciendo sentir.

—Y tu madre también debió de tener una vida terrible.

¿Hablaba en serio? Yo había odiado a mi madre

por todo lo que me había hecho y no podía comprender lo que Edie decía. No quería que se compadeciera de mí, pero no podía entender que sintiera lástima por la mujer que me había dado a luz.

—Eso fue hace muchos años, *bella* —dije yo, forzando indiferencia en mi tono de voz. Me había expuesto ante ella al contarle los detalles de mi infancia. ¿Por qué diablos había hecho tal cosa? Quizá porque deseaba a esa mujer más de lo que había deseado a ninguna otra—. Mi infancia me dio las herramientas para convertirme en el hombre que soy.

—Lo comprendo —repuso ella, pero el brillo de su mirada seguía siendo de lástima. Y yo supe que no lo comprendía.

Yo quería decir que mi infancia me había hecho que fuera decidido y despiadado, preparado para hacer lo que fuera necesario para escapar de donde había empezado y llegar donde estaba ahora.

—Has trabajado muy duro por tu empresa, y por eso quería que supieras…

—Ya lo sabía —dije yo, para cortar su confesión y la manera en que me estaba haciendo sentir. No debía potenciar la conexión que estaba sintiendo con ella—. *Bella*, antes de contratarte investigué tu pasado en Internet. Tus relaciones sociales, o la falta de ellas, no me interesan.

—¿Y no son importantes si voy a representar a Allegri Corporation en este…?

—En absoluto. Y Joe Donnelly se ha equivocado si te ha dado esa impresión. Lo que me interesa es tu inteligencia y tu capacidad para valorar las actitudes de riesgo de mis invitados. Para eso te he contratado y para eso voy a pagarte. Y créeme, voy a sacar provecho de mi dinero. Quedaremos cada noche para hacer una puesta en común con el resto de mi equipo, cuando los invitados ya se hayan ido a acostar. A veces será a las dos o las tres de la mañana. Espero que estés atenta en cada una de tus interacciones Yo soy como una lechuza y suelo hacer todos mis negocios de noche. También quiero un análisis escrito por la mañana, antes de que comiencen las actividades del día. Y toda la información útil que puedas ofrecerme. Espero que seas mi vista y mi oído cuando no esté en la mesa de juego. Créeme, tu papel no va a ser fácil. El linaje no significa nada para mí, lo que busco en un empleado son resultados. Y más importante aún –la observé con cuidado–, si en un momento dado crees que alguien te está juzgando, quiero que me lo digas. Todo aquel que te juzgue, me estará juzgando a mí, y no será alguien con quien yo quiera hacer negocios.

–No te decepcionaré –dijo ella. Y yo supe que no lo haría. Nunca había visto a alguien tan deseoso de complacer.

La idea provocó que un fuerte desasosiego me invadiera por dentro.

Su inteligencia, su talento y su capacidad para leer la jugada en la mesa de póquer no eran los únicos motivos por los que la había contratado. Me fijé en el vestido y en cómo marcaba las curvas de su cuerpo, y el calor de mi entrepierna se volvió mucho más intenso.

–Aunque ese no es el único motivo por el que te he ofrecido este trabajo –dije yo, decidido a ser tan sincero con ella como ella lo había sido conmigo–. Hay otro motivo por el que te quería tener a mi disposición durante los próximos diez días…

–¿Cuál es? –preguntó ella, sorprendida.

Edie tenía que saber a qué me refería. Había sido ella la que inició el beso que activó mi imaginación, haciendo que no pudiera dormir desde entonces. Quizá se estaba haciendo la remilgada, pero lo dudaba. Parecía una mujer jovial y directa. Y pensar que en su momento me había parecido una persona difícil de descifrar…

–Creo que sabes el motivo –dije yo.

Incapaz de calmar el deseo de tocarla, levanté la mano y le acaricié el mechón de pelo que la estilista le había dejado suelto. La tentación de besarla y saciar mi deseo era inmensa, pero me resistí.

Quería que fuera ella la que se acercara a mí. No, necesitaba que viniera a mí. Así no habría confusión entre el hecho de que fuera mi empleada y su decisión de pasar tiempo en mi cama. Al momento, bajé la mano.

Edie comenzó a respirar agitadamente.

–La química que hay entre nosotros es espectacular, *bella*. Creo que sería una tontería no disfrutar mientras estemos aquí.

Ella se humedeció los labios. Esos labios que yo deseaba probar otra vez.

–Todo lo que pase entre nosotros, será producto de tu elección –continué yo–. Y no tendrá ninguna repercusión en tu trabajo conmigo. ¿Comprendido?

Ella asintió con los ojos bien abiertos. Su rostro había mostrado una serie de emociones interesantes, pero la erección tan fuerte que tenía yo me había impedido analizarlas. Lo único que no había visto entre ellas era miedo. Y eso me gustaba.

Al ver que entraba un camarero para servirnos la cena, le pedí a Edie que se sentara.

–Me alegro de que eso quede claro. Ahora, ¿quieres acompañarme durante el segundo plato y que hablemos de lo que habíamos venido a hablar?

Ella asintió y se sentó de nuevo.

El resto de la cena fue terrible para los dos. Cada vez que se metía un trozo de comida en la boca, o se inclinaba hacia delante de forma que la luz de la vela iluminaba su escote, la tensión de mi entrepierna se volvía insoportable. Yo intenté no desconcentrarme y mantener el rumbo de nuestra relación profesional.

Ella también lo intentaba y, de algún modo, conseguimos terminar de cenar sin habernos abalanzado el uno sobre el otro.

Enseguida descubrí que ella era tan inteligente e intuitiva como pensaba, y confiaba en que Edie hubiera descubierto que no me abalanzaría sobre ella hasta que estuviera preparada.

No obstante, al darle las buenas noches no pude evitar besarle sus dedos temblorosos. Le besé los nudillos, satisfecho por la oleada de calor que la invadió al instante y que no fue capaz de disimular.

–Volveré dentro de dos días –le dije, un poco desconcertado al ver que dejaba caer los hombros, aliviada–. Los invitados llegarán esa tarde, así que ese día podemos quedar a comer.

–De acuerdo. Desarrollaré las fórmulas de las que hemos estado hablando –dijo ella.

–Excelente. Buenas noches, *bella* –añadí yo, dándole permiso para marcharse.

Ella asintió, pero antes de que se apresurara a salir de la habitación, yo añadí:

–Y recuerda que eres libre en lo que se refiere a todo lo que no tenga que ver con el trabajo.

–Lo sé, Dante –dijo ella, y el brillo de placer que había en su mirada tuvo un extraño efecto sobre mí.

Me di cuenta de que no solo era la entrepierna lo que me dolía. El corazón me latía con fuerza contra las costillas y parecía que hubiera doblado su tamaño.

«Maldita sea. Tranquilízate».

Regresé a mi silla para terminarme la copa de vino, tranquilizarme y poner en perspectiva ese insaciable deseo. Decidí que era una buena idea que me marchara de allí durante dos días. Cuando regresara, estaría tan ocupado que no tendría tiempo para Edie, y ella tampoco para mí.

No había mentido, aquella semana era muy importante para mis negocios, y no pensaba permitir que mi deseo por Edie Trouvé interfiriera a la hora de conseguir lo que me proponía. Llevaba meses planeando ese evento, estaba a punto de expandir Allegri Corporation. Necesitaba inversores de los que pudiera fiarme, y era crucial decidir a quién quería invitar como socio y a quién no. No podía distraerme de ese objetivo.

Al final de la semana tendríamos tiempo para relajarnos.

Suponiendo que ella decidiera hacer tal cosa.

¿Y qué pasaría si eligiera no acercarse a mí?

Bebí un trago de vino y, después, me di cuenta de que la incertidumbre me recordaba al niño desagradable que había sido.

Solté una carcajada, percatándome de lo ridículos que eran mis pensamientos.

El sonido de mi risa retumbó sobre los muebles antiguos que habían pertenecido a un príncipe portugués, pero que ahora me pertenecían a mí.

«No seas tonto, Dante. Ella te desea tanto como tú a ella. Ya no eres el niño salvaje que eras».

Aquello tenía que ver con sexo y química, y eso le había dicho a ella.

Me terminé el vino.

Lo único que tenía que hacer era esperar. Y, por suerte, tenía algo mucho más importante en lo que centrarme aparte de en satisfacer mi libido. Algo que me mantendría entretenido, por ejemplo, llevar a la marca Allegri hasta el siguiente nivel.

Capítulo 13

ME DESPERTÉ cuando la luz entró por la ventana del dormitorio de la casa de invitados y miré el teléfono que me había dado Joseph Donnelly una semana antes, como parte de mi equipo de trabajo.

Al pensar en otro día de trabajo como parte del equipo de Dante, me invadió una sensación de placer. La noche anterior habíamos estado despiertos hasta las dos de la mañana, repasando los informes individuales que había preparado cada miembro del equipo. Dante había celebrado la reunión en su despacho y, a pesar de las horas, la energía y el entusiasmo que había en la reunión resultaba adictivo.

Me encantaban esas reuniones de madrugada, cuando los invitados ya se habían retirado a sus habitaciones y me juntaba con otras dos mujeres y otros tres hombres, todos varios años mayores que yo, para intercambiar opiniones acerca de lo que habíamos visto durante el día. El día anterior, el encargado de eventos de Dante había preparado una flotilla de yates y veleros para llevar a los invitados y al equipo a hacer un picnic en una isla privada. Una vez allí, sirvieron una comida deliciosa y, por la tarde, ofrecieron la oportunidad de hacer esquí acuático, snorkel o tomar el sol. Después, prepararon una barbacoa para la cena y navegaron de vuelta a la finca para jugar al póquer. Dante había anticipado fichas por el valor de cien mil dólares a todos los invitados, con la promesa de que todos los beneficios que sacaran al final de la semana serían para ellos y que las pérdidas se olvidarían como gesto de buena voluntad.

La sesión de póquer de la noche anterior había sido mi oportunidad de destacar. Todo el mundo estaba mucho más relajado que la primera noche y, por tanto, apostaban con más libertad. Yo había podido reunir mucha información acerca de su actitud ante el riesgo, y, cuando lo conté durante la reunión con el resto del equipo, sentí que Dante me daba su aprobación.

Yo estaba demostrando mi valía. Demostrando que merecía la pena que me hubiera contratado. Me sentía valorada como miembro de su equipo y era embriagador.

Retirando la colcha, me levanté deprisa para dirigirme al vestidor y buscar la selección de bañadores que Nina había elegido para mí. Hasta el momento solo me había puesto los bañadores enteros, ya que me daba vergüenza que Dante me viera con los bikinis que ella había elegido.

El día anterior, Dante me había pedido que acompañara a su tripulación durante la navegación hasta la Villa Paradis y yo había tenido la sensación de que no había dejado de mirarme en todo momento. Por supuesto, no era cierto. Solo era mi imaginación. Desde la cena que compartimos cuatro días antes, él solo se había relacionado conmigo en lo profesional. Aunque las palabras que me dijo aquella noche y su manera de mirarme todavía tenían efecto sobre mí.

Saqué los triángulos de lycra del cajón y me los

puse. Nunca había llevado un bikini antes. No porque sintiera vergüenza de mi cuerpo, además había heredado el físico de mi madre y era delgada y esbelta, pero nunca me había puesto algo tan atrevido. Sin embargo, en lugar de sentirme expuesta, me imaginé a Dante mirándome con interés y pensé que nunca me había sentido tan joven y despreocupada. Y Dante era el responsable de eso. Por liberarnos de las deudas, llevarme allí, y confiar en mis habilidades. Durante los últimos días, en los que no había tenido que preocuparme de las cosas básicas, me había dado cuenta de cómo me había afectado la preocupación de los últimos años. Solo tenía veintiún años, pero había cargado con tanta responsabilidad desde la muerte de mi madre que no me había sentido joven desde hacía mucho tiempo.

Respiré hondo, me quité el pareo que pensaba llevar para cubrir mis hombros, me puse las sandalias y agarré una toalla del baño.

En la finca había tres playas privadas a las que se accedía por unos escalones desde los jardines. Dos eran playas de arena con tumbonas, un bar que abría a partir de las once de la mañana y ducha de agua caliente para que los invitados pudieran aclararse la sal antes de volver a sus alojamientos. No obstante, dos días antes yo había encontrado una pequeña cala de arena blanca en la que la ducha era exterior y, en lugar de bar, había una nevera portátil llena de bebidas junto a unos sofás. Evidentemente, a los invitados no les parecía lo bastante elegante, porque nadie se bañaba en ella. Yo había ido en varias ocasiones a darme un baño y nunca me había encontrado a nadie.

Como resultado, había empezado a considerarla

mi playa privada. Me dirigí a los jardines de la entrada para bajar a la cala, entusiasmada con la idea de darme un baño en el mar con mi bikini.

Nadie me vería. No se habían levantado todavía. Quedaban dos horas para que tuviera que reunirme con el equipo y hablar de las actividades del día, y de los candidatos que Dante había eliminado como posibles inversores. La idea de darme un baño sola, con aquel bañador tan ligero me resultaba imprudente, estimulante y excitante a la vez.

Empecé a bajar por la escalera tallada en la roca y me detuve al llegar a la plataforma que estaba sobre la cala.

Alguien estaba allí, bañándose en la ensenada y nadando entre las olas con decisión.

«Dante».

Lo reconocí al instante, por su forma de moverse en el agua. Su cuerpo poderoso seguía su camino a pesar de la corriente.

Me fijé en el montoncito de ropa que había en la arena. ¿Estaba bañándose desnudo?

Al instante, se me aceleró el corazón y empecé a respirar de forma agitada. Retrocedí un poco para colocarme detrás de una planta de lavanda, desde donde pudiera verlo sin que él me viera.

Contemplé su imagen, y sus fuertes movimientos provocaron que mis senos se pusieran turgentes contra la tela del bikini.

Por fin, él regresó a la orilla y comenzó a salir del agua. Empecé a respirar de forma agitada y noté que el corazón me latía con más fuerza.

Su torso musculoso parecía una escultura. El agua brillaba sobre su piel bronceada y hacía que pareciera un dios. Poseidón, el rey del mar, indómito y poderoso. Yo estaba a poca distancia de él, pero debido al sonido de las olas no podía oír mi respiración.

Desde la distancia, podía ver las marcas blancas de las cicatrices en su piel y el tatuaje que llevaba en un hombro y llegaba hasta el cuello. De pronto, recordé las confesiones que me había hecho sobre su infancia cuatro noches antes, y la manera extraña en la que había reaccionado cuando mostré compasión por aquel niño traumatizado. Fue como si se hubiese arrepentido de contármelo.

Al pensar en las emociones que experimenté esa noche, tragué saliva. Había sentido pavor por todo lo que aquel niño tuvo que soportar, y una gran admiración por el hombre en que se había convertido.

No obstante, al ver que Dante sacaba el resto del cuerpo del agua, dejé de pensar con claridad.

Estaba desnudo. Y su aspecto era magnífico. Era consciente de que debía mirar hacia otro lado, pero no podía apartar la mirada de aquel atractivo cuerpo masculino. Sus caderas estrechas, su abdomen marcado, sus piernas largas y musculosas… Una oleada de adrenalina me invadió por dentro cuando por fin me atreví a posar la mirada en su entrepierna.

«Mon Dieu».

Su miembro era muy grande. Y largo.

Una mezcla de pánico y excitación se apoderó de mí, pero no sirvió para contrarrestar el efecto que la imagen de su miembro desnudo tuvo en mi entrepierna.

Sabía que debía marcharme antes de que él me viera.

Si me quedaba, y él me veía, sabía que estaría perdida. No sería capaz de protegerme de su intenso deseo. Me vería forzada a escoger la opción que él me había dado cuatro días atrás, y a saciar el deseo que llevaba semanas albergando en mi interior.

Mientras intentaba analizar los pros y los contras de dar el paso, él agarró la toalla y comenzó a secarse.

Todavía estaba a tiempo de escapar, pero el centro de mi feminidad estaba dispuesto a hacerse notar. De pronto, solo podía pensar en descubrir cómo sería ser la amante de Dante.

Este Dante no se parecía al hombre del que yo había escapado en Mónaco. Allí me pareció una persona distante y me daba miedo. Un hombre que podría destruirme con tan solo chascar los dedos. No obstante, había elegido no hacerlo y me había dado una oportunidad cuando no tenía por qué hacerlo. En más de una ocasión me había dicho que no era un hombre bueno y, en cierto modo, sabía que no estaba bromeando. Podía ser despiadado, ambicioso y determinado, porque tenía que serlo. Sería un hombre difícil de amar, si no imposible, pero esto no tenía que ver con el amor. Esto tenía que ver con saciar el deseo, y permitirme a mí misma disfrutar. Yo sabía que, pasara lo que pasara, confiaba en él. Haría que aquello fuera emocionante, especial, importante. Me lo había prometido y lo creía.

No, no era un hombre amable, pero yo sentía que, bajo las cicatrices y los tatuajes, la infancia dura y el esfuerzo por conseguir poder y riqueza, había un buen hombre.

Y eso era lo que yo necesitaba que fuera. No podría herirme si yo no se lo permitía.

¿Cuándo volvería a tener una oportunidad como

esta? ¿Tener como amante a un hombre tan atractivo y sexy como Dante Allegri? ¿Mi primer amante?

Yo era una persona cauta por naturaleza. Tenía que serlo. No obstante, en ese momento sentía que todo mi cuerpo estaba vivo y decidí que ya no quería ser cauta. Al menos, en ese aspecto. Debido a que durante mi infancia había visto a mi madre entrar y salir de relaciones amorosas con hombres poderosos, estaba convencida de que podría mantener a salvo mi corazón mientras mi cuerpo disfrutaba de aquel hombre y aceptaba todo lo que él me había prometido.

Dante se había puesto los pantalones cortos y se estaba secando la cabeza con una toalla cuando yo salí de mi escondite.

Como si me hubiera sentido, él levantó la cabeza y me miró.

Con su mirada clavada sobre mi piel desnuda, bajé los escalones de la playa y me di cuenta de que me temblaban las piernas.

Él me miró de arriba abajo y dejó caer la toalla sobre la arena.

La adrenalina me dio la fuerza necesaria para caminar hasta donde él estaba. Yo sabía que él no daría ni un paso hacia mí. Era parte de la promesa que me había hecho, que esto era mi elección.

Al acercarme vi su deseo reflejado en la mirada de sus ojos azules. Tenía las pupilas dilatadas y respiraba de forma agitada.

—*Bella*... ¿Qué diablos haces aquí? —preguntó confuso.

—Espiarte —dije yo. Sin miedo. Sin vergüenza.

Lo miré de arriba abajo y vi que bajo su abdominal musculado, su miembro se ponía erecto bajo la ropa.

La erección parecía enorme, pero no me importó. No tenía miedo. Sabía que me dolería, pero era como si mi entrepierna se hubiera derretido y deseaba sentir su miembro en mi interior.

Dante me sujetó por la barbilla para que lo mirara.

—Estás jugando con fuego, Edie. A menos que quieras que te haga el amor en los próximos cinco segundos, debes marcharte ahora.

«Que te haga el amor».

Solo eran palabras que describían un deseo básico y elemental, pero penetraron en mi corazón mientras yo trataba de forzar una sonrisa y de parecer tranquila y desinhibida.

Sabía que debía ocultarle mi inexperiencia, ya que, si no lo hacía, aquello terminaría antes de empezar.

Yo era virgen, pero siempre había sabido la diferencia entre el deseo y el amor No como mi madre. Quizá porque la había visto sufrir por hombres que solo deseaban su cuerpo y no su corazón. Su error había sido pensar que, dando una cosa, recibiría la otra. Yo, sin embargo, era muy realista y nunca cometería ese error.

—No voy a irme a ningún sitio —dije yo.

Noté que perdía el control y que blasfemaba antes de sujetarme para darme un abrazo.

Me agarró por el trasero y presionó su miembro erecto contra mi vientre. Yo le acaricié el cabello mojado y él me besó en el cuello.

Metió los dedos bajo la tela del bikini y yo me arqueé contra él, sorprendida por la intimidad de sus caricias. Colocó la palma de la mano contra mi vulva y encontró mi clítoris.

—*Bella*, estás muy húmeda —murmuró contra mi

cuello, acariciándome una y otra vez y haciendo que me moviera al compás.

Me retiró la parte de arriba del bikini y me cubrió un pecho con la boca, mientras continuaba acariciándome con el pulgar, provocando que mi deseo aumentara cada vez más.

Cuando succionó sobre mi pezón, mis gemidos de satisfacción resonaron entre las rocas, ahogándose entre el sonido del mar y el latir de mi corazón.

—Disfruta del clímax —me ordenó.

Mi cuerpo comenzó a moverse con fuerza mientras yo presionaba mi sexo contra su mano y él continuaba acariciándome con el pulgar.

Finalmente, me derrumbé. Estaba agotada tras un orgasmo tan repentino e intenso y parecía que hubiera sobrevivido a una guerra.

Apenas me había recuperado cuando volví a sentir la arena bajo mis pies y me percaté de que él me había tomado en brazos. Abrí los ojos y lo miré.

—Gracias —susurré.

—De nada —él soltó una risita—. Todavía no hemos terminado —me dijo, y me llevó hasta uno de los sofás que había en la playa.

Me acarició el pezón enrojecido y comenzó a juguetear con él otra vez. Yo me sonrojé al pensar en el aspecto que debía de tener, allí tumbada, con el bikini colgando de mi hombro.

Él sonrió y terminó de quitarme la parte de arriba. Yo permanecí allí, tumbada boca arriba y medio desnuda. Entonces, él desató los lazos de la parte de abajo del bikini y me la quitó también.

Inclinándose sobre mí, jugueteó con la lengua sobre mis pezones. Yo me sorprendí al ver que el deseo me invadía de nuevo. Pensaba que estaba saciada, pero estaba equivocada.

Tenía la piel sensible y cada vez que me besaba o acariciaba con la lengua sentía que todo mi cuerpo era una zona erógena.

El deseo era tan fuerte que resultaba casi doloroso. Cuando por fin separó los pliegues de la parte más íntima de mi cuerpo y me acarició con la lengua, me retorcí de un lado a otro. ¿Cómo era posible que volviera a estar tan excitada tan pronto?

Gemí cuando sentí que estaba a punto de llegar al orgasmo otra vez y él se incorporó separándose de mí.

–Espera, *bella* –se quitó los pantalones y liberó su miembro erecto.

Al pensar en recibirlo en mi interior, sentí un poco de miedo, pero no pude dejar de mirarlo.

–No tengo protección aquí –me dijo, mientras se acariciaba él mismo con naturalidad–. Me muero de deseo por sentir cómo disfrutas del orgasmo conmigo en tu interior. Prometo que estoy sano y que me saldré a tiempo.

Una pequeña gota apareció en la punta de su miembro. Yo estaba tan fascinada, y excitada, que apenas podía hablar. Mi entrepierna estaba completamente mojada y el deseo de que me penetrara era insoportable. Me humedecí los labios, y me alegré de haber sido yo la que lo había excitado de esa manera.

–*Bella*, mírame –me ordenó.

Yo lo miré.

–¿Te parece bien?

Tardé un instante en comprender de qué me estaba hablando y me sonrojé al darme cuenta de que me había pillado mirando su miembro con admiración.

–Sí, estoy sana también. Y me estoy tomando la píldora –no podía estar más contenta de haber empezado a tomarme la medicación para conseguir regular mis periodos–. También quiero sentirte dentro de mí –le dije.

–*Grazie Dio* –murmuró él, antes de tumbarse a mi lado y besarme de forma apasionada.

Dante agarró mi pierna y la colocó sobre la suya. La punta de su miembro erecto acarició los pliegues húmedos de mi sexo, y momentos después, me penetró con fuerza. El dolor que sentí me sorprendió, al igual que la sensación que experimenté mientras atravesaba la barrera de mi virginidad.

Me mordí el labio inferior para contener un gemido y esperé a que mi cuerpo se ajustara a la inmensidad de su miembro. Me sentía poseída, conquistada, dominada.

Él se quedó quieto y me miró. Yo vi sorpresa, confusión y sospecha en su expresión. Enseguida, lo disimuló. Durante unos segundos, permanecí tumbada y temblando esperando a que saliera. Pensé que había descubierto que era virgen y que estaba enfadado. No obstante, él sonrió y dijo:

–Estás muy tensa, *bella*. ¿Te estoy haciendo daño?

Yo negué con la cabeza y sentí cómo los músculos de mi sexo se relajaban por fin. Todavía sentía mucho dolor, pero no quería que parara. Y no quería que descubriera mi secreto acerca de que no tenía ninguna experiencia en cuanto al sexo.

–Puedo hacerlo mejor… relájate –dijo él, y me besó en los labios. Despues, centró de nuevo su atención en mi pezón y se dedicó a acariciarlo con la lengua. Permaneció en mi interior sin moverse, permitiendo que me acostumbrara a su miembro. De pronto, comencé a sentirme mucho más relajada.

Él cubrió mi clítoris con el dedo y empezó a acariciarlo de nuevo. En cuanto me notó relajada, comenzó a moverse. Entrando y saliendo cada vez con más fuerza.

—¿Qué tal así? —dijo él, provocando que me invadiera el placer.

—Bien —conseguí decir.

Él me colocó bajo su cuerpo y arqueó mi cadera para poder penetrarme mejor. Sus movimientos, suaves y seguros, se volvieron cada vez más rápidos. Me sujetó por el trasero para asegurarse de que recibía todo su miembro en mi interior y empecé a sentir que el placer se apoderaba de mí.

Me sujeté a sus hombros sudorosos, tratando de mantener la cordura mientras el clímax se aproximaba hacia mí.

Me golpeó con la fuerza y la furia de un tsunami. Empecé a gemir cuando las intensas sensaciones inundaron mi cuerpo. Él resopló al sentir que le masajeaba el miembro, se retiró de mi cuerpo y gritó al mismo tiempo que su semilla se derramaba sobre mi vientre y él colapsaba sobre mí.

Lo abracé. El peso de su hombro tatuado me mantenía inmóvil contra los almohadones y su respiración agitada acompasaba la mía. Allí donde nuestros cuerpos se rozaban, quedaría grabado para siempre en mi cabeza.

Mirando el cielo azul y disfrutando del calor del sol sobre mi piel, empecé a notar que su miembro se relajaba contra mi vientre. Por mucho que tratara de ignorar las imágenes románticas que invadían mi cabeza, o esa sensación de alegría y seguridad, y concentrarme en los pequeños dolores que sentía como resultado de haber hecho el amor, no conseguía asimilar la verdad, que todo lo que sentía y pensaba en esos momentos era consecuencia de las secuelas que había dejado sobre mí mi primer orgasmo múltiple.

Igual que tampoco conseguía ignorar la presión que sentía en el pecho a causa del deseo de permanecer allí tumbada para siempre, sintiéndome segura y a salvo entre sus brazos.

Capítulo 14

«E RA VIRGEN, idiota. Te ha engañado. Y ahora esperará que le des más de lo que nunca podrás darle. O querrás darle», pensé, tratando de asimilar lo que acababa de suceder.

A pesar de la recriminación que invadía mi cabeza, los efectos del placer todavía inundaban mi cuerpo y complicaban la posibilidad de que pudiera arrepentirme de lo que había hecho.

Sentí el roce de su vientre contra mi miembro y, al instante, noté que volvía a tener una erección.

Era una locura. ¿Cómo podía desearla otra vez tan pronto?

Me sorprendí tanto que me levanté y me tumbé detrás de ella, cubriéndome los ojos con el antebrazo.

Me sentía avergonzado, no solo porque no la había poseído con delicadeza, sino por la idea de querer penetrarla de nuevo cuando todavía no había tenido tiempo de reponerse.

Traté de controlar mi deseo y de calmar mi respiración. Ella estaba tumbada a mi lado. Yo debía moverme. Debía ofrecerle que se limpiara mi esencia y la sangre que seguramente tenía. Menos mal que me había salido antes de eyacular, a pesar de que me había asegurado que estaba tomándose un anticonceptivo. Posiblemente también había mentido, igual que acerca de su experiencia sexual.

¿Cómo era posible que se hubiera entregado a mí tan fácilmente? ¿No le había contado lo que podía ofrecer? Me sentía como un canalla y no me gustaba. Y lo que me gustaba todavía menos era el deseo de tomar su delicado cuerpo entre mis brazos y disculparme por lo que había hecho.

No era culpa mía que ella hubiera permanecido en silencio. Le había dado muchas oportunidades para que me detuviera, pero no lo había hecho. ¿Por qué? ¿Qué era lo que esperaba que sucediera ahora?

En lugar de oír cómo trataba de disimular su llanto por haberla poseído con tan poca delicadeza, o de escuchar la manipulación emocional que esperaba que me hiciera, sentí que me tocaba el brazo con sus dedos, mostrando inseguridad.

Yo retiré el antebrazo de mis ojos y la vi inclinada sobre mí. Su rostro resplandecía lleno de deseo. Era imposible.

—¿Va todo bien, Dante? —preguntó con lo que parecía cierta preocupación.

Yo me sorprendí al ver que su preocupación era sincera. ¿Qué estaba pasando? Me miraba como si yo fuera la parte afectada, en lugar de al revés.

—Todo está estupendo —dije yo, esperando a que me preguntara cuáles eran mis intenciones.

Sin embargo, ella esbozó una sexy sonrisa que yo solo había visto una vez en aquellos labios.

Yo intenté controlar la sonrisa que amenazaba con surgir en mis labios, pero no lo conseguí. Ella no iba a mencionar su virginidad, ni la brusquedad con la que la había poseído o el hecho de que no me hubiera detenido cuando debía. Ni siquiera me había disculpado, como el gran canalla que era. Tampoco iba a mencionar que hubiera perdido el control y el hecho de que hubiera seguido haciéndole el amor.

¿De veras podía ser tan ingenua? ¿Tan dulce? ¿Tan inocente? Porque al parecer lo era, y yo no podía decidir qué sentía al respecto.

Por otro lado, me permitiría que me librara de aquella situación con facilidad, ya que, si ella no pensaba mencionar su virginidad, yo tampoco. Aunque eso hacía que me pareciera todavía más vulnerable que antes, cuando la encontré después de que el matón de Carsoni la agrediera. Ahora el hombre que la había herido y maltratado era yo.

—¿Lo has disfrutado? —dijo ella.

Me giré y le acaricié el rostro con el pulgar.

—*Bella*, ¿no lo has notado? —dije yo.

Ella se sonrojó y yo me pregunté por qué habría elegido que yo fuera su primer amante.

—Sí, por supuesto —dijo ella, fingiendo una experiencia que yo sabía que no tenía—. Debería ir a darme una ducha —señaló con el pulgar hacia la ducha exterior que había cerca de la escalera—. Tengo una reunión importante con mi jefe dentro de una hora y media —sonrió.

Agarró una toalla del montón que estaba junto a los sofás y se cubrió. Yo hice lo mismo, porque notaba que empezaba a excitarme de nuevo y no quería asustarla.

Aunque no parecía asustada. Y eso era bueno. Ninguno de los dos nos conformaríamos con solo una vez, pero tendríamos que establecer ciertos parámetros para esa aventura. Eso era todo lo que llegaría a ser. Al parecer, ella ya lo sabía. Y a pesar de que trataba de mostrar indiferencia ante lo que acabábamos de hacer, y yo sabía que estaba fingiendo, tampoco suponía un problema para mí. Aunque, desde luego, no iba a permitir que se marchara y fingiera que nada había sucedido cuando la viera en la reunión que teníamos a las once.

Nunca me había acostado con una empleada, y menos con una de mi equipo de reclutamiento. Tampoco veía por qué podía suponer un problema. Éramos adultos. Y todo el mundo sabía que yo no tenía favoritismos cuando se trataba de negocios. Todas las personas de mi equipo se habían ganado el puesto. Y Edie más que ninguna. Hasta el momento, su trabajo había sido ejemplar. Era observadora e increíblemente ingeniosa, y eso ya me lo parecía antes de que comprobara su capacidad analítica y su creatividad a la hora de emplear los datos para racionalizar y evaluar el potencial de inversión de cada uno de los candidatos. No solo había trabajado mucho durante la última semana y media, además había impresionado a todos los miembros del equipo y se había ganado el puesto. Yo sabía que eso era muy importante para ella, después de la conversación que habíamos tenido durante la cena cuatro días antes. Después del abuso que había sufrido debido al comportamiento de su madre, Edie penaba que tenía mucho que demostrar.

Y estaba seguro de que debido a esos abusos ella no quería que nadie supiera que éramos pareja. Su profesionalidad se vería comprometida.

Por desgracia, mantener en secreto nuestra aventura no funcionaría para mí.

Así que, cuando se disponía a marcharse, la agarré por la muñeca.

—No tan deprisa, Edie.

Ella se sentó de nuevo en la tumbona y jugueteó con la toalla que llevaba alrededor del cuerpo.

—Durante la reunión de hoy, y durante el resto de la semana, los invitados y el equipo van a saber que hemos tenido una aventura.

Ella pestañeó y se sonrojó.

—¿Cómo?

Yo tuve que resistirme para no soltar una carcajada al oír su ingenuo comentario. ¿Es que no sabía que tenía el aspecto de una mujer bien…? Corté mi pensamiento antes de que me llegara la horrible palabra. Ella no era una prostituta, como mi madre había sido, o como la de ella. De hecho, era justo lo contrario. No se merecía que pensara eso de ella. Aunque tampoco iba a decir lo contrario. Si ella quería fingir que tenía experiencia, yo tenía derecho a tratarla como si la tuviera.

—Porque pienso acostarme contigo otra vez. Y no pienso mantenerlo en secreto. De hecho, me gustaría que trasladaran tus cosas a mis aposentos. No tiene sentido que estemos en lados opuestos de la finca. No vamos a tener mucho tiempo para estar juntos teniendo en cuenta los eventos que Evan ha organizado para el resto de la semana. Si queremos disfrutar al máximo del tiempo que tenemos disponible, tiene sentido que estemos en el mismo sitio. Y mi habitación es mucho más grande que la tuya.

—¿Y eso no comprometerá mi lugar en el equipo? —preguntó ella después de sonrojarse.

—Por supuesto que no. Lo que hagamos en nuestro tiempo libre no es asunto de otros. Créeme, ya has demostrado lo que vales a cada miembro del equipo, y nadie va a cuestionarlo –su expresión de alegría provocó que aumentara la presión que sentía en el pecho–. Además, he visto que algunos hombres ya están merodeando a tu alrededor, y no me gusta. Cuando sepan que estás conmigo, se echarán atrás, y así evitaré tener que darles un puñetazo. Resultaría muy extraño si fuera una de las personas que pensábamos elegir como inversoras –bromeé.

–¿Les darías un puñetazo? –preguntó horrorizada.

–Si un hombre se acercara demasiado a ti, sí –confirmé, y le coloqué un mechón de pelo detrás de la oreja–. No me gusta compartir –añadí. Siempre insistía en que todas las relaciones que tuviera debían ser exclusivas, por muy breves que fueran. No obstante, el fuerte sentimiento de posesión que estaba experimentando con ella era algo completamente nuevo para mí.

Decidí que era únicamente porque ella era joven e inexperta, además de mi empleada, y por eso me sentía con el deber de protegerla.

–Entonces, ¿qué te parece trasladar tus cosas a mi habitación? –pregunté.

Ella dudó un instante y se mordisqueó el labio inferior.

–Está bien –contestó–. Si insistes…

–Insisto –murmuré con una sonrisa–. Ahora vete a duchar o llegarás tarde al trabajo. Y sé que tu jefe no se anda con tonterías.

Ella se rio y se puso en pie. Me miró y su sonrisa hizo que se me acelerara el pulso. Era la sonrisa sexy de una mujer joven que acababa de iniciarse en las delicias del sexo.

–¿Estás seguro de que no quieres acompañarme?

–dijo ella, mirando hacia la ducha de forma provocativa.

Una oleada de calor me invadió por dentro al imaginarla mojada y cubierta de jabón mientras exploraba su cuerpo con mis manos.

Me moví en la tumbona y mantuve la toalla contra mi miembro erecto para ocultar mi reacción ante su comentario.

Por mucho que deseara aceptar su oferta, sabía que debía de estar dolorida y no quería arriesgarme a hacerle daño por ir demasiado lejos. Demasiado pronto.

–Creo que me quedaré aquí y disfrutaré de la vista –dije yo, consciente de que sería una tortura–. Me has agotado, *bella* –mentí, pero me alegré al ver que se reía–. Y ninguno de los dos queremos llegar tarde al trabajo.

Ella asintió y sonrió.

La observé mientras llegaba a la ducha y se quitaba la toalla para meterse bajo el chorro de agua y enjabonarse el cuerpo. Era una imagen excitante, y más porque ella lo estaba haciendo de manera inconsciente.

Me despedí de ella con la mano al ver que se marchaba de la playa en albornoz y esperé a que desapareciera por los escalones. Tendría que recuperar el control antes de la reunión, o todas las promesas que había hecho acerca de mantener una relación profesional durante el trabajo, se desvanecerían.

Agarré el bikini que le había quitado momentos antes y me levanté de la tumbona. Al hacerlo, me fijé en las manchas de sangre que ella había dejado. Junto con su inocencia.

No era que necesitase confirmación acerca de su virginidad, pero al verlas, se me aceleró el corazón. Y, aunque sabía que era un poco hipócrita, no pude evitar hacer una promesa.

Ninguna mujer me había hecho un regalo así. Y, aunque yo no se lo había pedido, tenía un extraño sentido de responsabilidad hacia ella.

Esta aventura no iba a durar. Yo me cansaría pronto, como siempre, y ella descubriría que era peligroso engancharse a mí. Por suerte, Edie era una mujer inteligente, intuitiva, aunque inexperta, y pronto descubriría la verdad sobre mí.

No obstante, mientras me duchaba y me ocupaba de aliviar mi erección, le hice una promesa a Edie. Pasara lo que pasara, me ocuparía de hacer que nuestra aventura fuera igual de placentera y divertida para ella que para mí.

Teniendo en cuenta cómo la deseaba, y la intensidad de nuestra química sexual, era probable que durante los próximos días le hiciera muchas peticiones, pero estaría muy pendiente de su reacción y me aseguraría de no pedir demasiado. No daría nada por hecho y trataría de ser siempre amable con ella. Y, sobre todo, cuando la aventura llegara a su fin, la dejaría con toda la delicadeza posible, ya que, por muy sincera, atrevida e inteligente que fuera Edie, todo esto era nuevo para ella y no había elegido al hombre más amable, tierno y refinado para iniciarse en el tema.

Por supuesto, yo no deseaba que algún día se arrepintiera.

Capítulo 15

YO ESTABA en la terraza de la habitación de Dante, observando cómo los invitados se mezclaban en los jardines como si fueran pavos reales mostrando su riqueza y su estatus en una noche de verano. Los camareros servían champán y canapés en bandejas de plata y se oía la música de la orquesta que estaba tocando en el salón de baile.

La noche era perfecta, y un poco surrealista. Y yo era una parte esencial de ella.

Estaba nerviosa. Lo había pasado tan bien durante los últimos cinco días, desde que Dante y yo habíamos empezado a acostarnos... El sexo había sido maravilloso. Yo nunca me había sentido tan viva, o consciente, tan hambrienta de deseo y saciada al mismo tiempo. Dante había mantenido su palabra y me había hecho sentir mimada y deseada, y también había mantenido distancia entre mis responsabilidades laborales y las cosas que hacíamos después. A pesar de haber aceptado que nuestra aventura amorosa se hiciera pública, yo había estado muy nerviosa el primer día. Me preocupaba que a los otros miembros del equipo les molestara mi relación con Dante y me juzgaran por ello.

No obstante, no había surgido ningún problema. Si acaso, a la mayor parte del equipo le había parecido bien. Collette incluso me había dado su aprobación.

—Eres buena para él. Esta semana ha sido un jefe menos duro.

Yo sabía que estaba bromeando, pero me gustó que hiciera el comentario para darme su aprobación.

Por supuesto, la actitud del equipo tenía mucho que ver con cómo Dante había manejado toda la situación. No solo había sido directo y pragmático respecto a nuestra aventura, sino que también había estado pendiente de no mostrar ningún favoritismo hacia mí con respecto al equipo. También había sido muy sincero con los invitados, siempre me trataba con mucho respeto delante de ellos, y no dudaba en reclamarme como suya durante nuestro tiempo libre.

Solo había tenido un momento incómodo, con una mujer que se llamaba Elise Durand, la directora ejecutiva de una empresa francesa, que se había acercado a mí el día anterior. Ella era una de las personas candidatas a las que posiblemente, Dante y sus financieros le ofrecieran un puesto en la nueva expansión. Mientras recorría los jardines de camino a la cala privada donde había quedado con Dante para darnos un baño nocturno, me acordé de sus palabras y me estremecí.

«Me recuerdas mucho a tu madre, Edie. A ella también le gustaban los hombres poderosos y sabía cómo aprovecharse de ellos».

Contemplando el reflejo de la luna sobre la bahía, había intentado ignorar el sentimiento de inseguridad que me invadía. Había sido un comentario sin más, y yo me lo había tomado en serio porque me afectaba mucho la reputación de mi madre.

Yo no le había contado nada a Dante. No quería

parecer poco profesional y no quería influir en su decisión acerca de a quién invitaba a invertir en su empresa, solo porque tuviéramos una aventura.

Una aventura que terminaría esa misma noche.

Yo tragué saliva e intenté que no me invadiera la tristeza. Sabía que aquello solo duraría unos días. Dante no me había prometido nada más aparte de una aventura y yo tampoco le había pedido más. Y mejor así, porque después de solo cinco días como amantes, yo notaba que me estaba entregando demasiado a la relación. Y deseaba cosas que sabía que nunca podría tener.

Cada vez que lo veía me moría de deseo. Y cada vez que me dedicaba una muestra de cariño, reaccionaba con abandono. Además, me había vuelto adicta a hacer el amor con él.

La noche anterior, en la playa, parecía que él hubiese sentido que había perdido confianza en mí misma después del comentario que me había hecho Elise. Dante se dedicó a potenciar mi deseo hasta que solo pude pensar en él.

Usando la lengua y los dientes para volverme loca, me había provocado varios miniorgasmos sin permitir que llegara a aliviarme del todo y me quedara satisfecha. Al cabo de un tiempo, yo no pude evitar gritar para suplicarle que me poseyera con fuerza para terminar con aquella tortura. Cuando lo hizo, el orgasmo fue tan poderoso que yo estaba segura de que me había desmayado.

Sin embargo, lo que me destrozó del todo fue la manera en que él me trató después, y su insistencia en llevarme hasta la habitación en brazos.

Yo me había quedado profundamente dormida, y mi anhelo de pertenencia y seguridad se hizo más intenso cuando, al despertarme esta mañana, me encontré entre sus brazos y él me hizo el amor, una vez más, con mucha ternura.

Oí que se abría la puerta de la habitación y los pasos de Dante.

Al darme la vuelta y ver que se acercaba hacia mí me dio un vuelco el corazón. Él estaba tan elegante que me recordó al hombre que conocí la primera noche y que me había aterrorizado.

—Por fin, el trabajo ha terminado, los inversores están localizados y podemos celebrarlo —murmuró, besándome en el cuello y provocando que me derritiera por dentro.

—Eso es maravilloso —dije yo, tratando de sonreír y de deshacer el nudo que se me había formado en la garganta al pensar que solo nos quedaba una noche para estar juntos.

Él se retiró y me miró de arriba abajo.

—Estás preciosa.

Nunca se olvidaba de hacerme un cumplido y de mostrarme su aprobación. Yo me había vuelto completamente adicta a eso también. Mi piel ardía al recordar que Nina había insistido en que no me pusiera nada bajo el vestido.

—Tú también estás muy atractivo —le dije, y lo miré de arriba abajo. Me imaginé las cicatrices que ocultaba la ropa y que yo había acariciado cientos de veces. Eran la prueba de lo mucho que había trabajado para salir del infierno donde se había criado. De pronto, me sentí orgullosa por todo lo que había conseguido, aunque yo no tuviera nada que ver con ello.

—Eh, ¿ocurre algo? —me sujetó por la barbilla para que lo mirara.

—No, nada —mentí—. Solo que me gustaría que pudiéramos quedarnos y celebrarlo aquí.

—Tú y yo —sonrió—. Me temo que voy a tener que aparecer. No me gustaría que tu bonito vestido se echara a perder sin que lo vean… —me agarró de la mano y me guio hasta la puerta—, antes de que te lo arranque.

Yo solté una carcajada y lo acompañé escaleras abajo hacia el salón. La gente se volvía para mirarnos y yo me sentí como la princesa del baile joven y desesperadamente enamorada del príncipe que todas deseaban, pero no podían tener porque él me había elegido a mí.

Decidí que trataría de disfrutar de la noche y que ya me ocuparía de mis emociones al día siguiente, cuando regresara a Belle Rivière y a mi vida real.

—Al final, ¿a quién has decidido ofrecerle la posibilidad de invertir? —pregunté, mientras Dante agarraba una copa de champán de una bandeja y me la ofrecía.

—A Devon O'Reilly y al consorcio de Le Grange —dijo Dante, mencionando dos de las recomendaciones que yo le había hecho. Únicamente le había recomendado a otra persona más.

—¿A Elise Durand no? —pregunté sorprendida.

—No. Aunque habría estado bien oír que tú me hubieras dicho que no era adecuada, en lugar de Collette.

—No lo comprendo.

—Ella te ha insultado, Edie —dijo él—. ¿De veras crees que querría hacer negocios con ella después de eso? Le pedí que se marchara de la finca en cuanto me enteré. Y pienso anunciar que me he negado a hacer negocios con ella.

—No estoy segura de que lo dijera como un insulto —dije yo, sin saber por qué la defendía.

—Tú no eres tu madre —continuó él—. Y nadie puede juzgarte o insultarte por los errores que ella cometió. Te mereces mucho más que eso, ¿comprendes?

Yo asentí, porque mi corazón estaba demasiado alterado como para hablar.

—Está bien. Entonces, olvidémoslo por ahora —dijo él—. Ella se ha marchado y no va a volver.

Se bebió el champán y me preguntó:

—¿Vas a acabarte la copa?

Yo negué con la cabeza y él le dio las copas a un camarero.

—*Bene* —dijo en italiano—. Porque quiero tocarte y la única manera de hacerlo por ahora será bailando contigo —me agarró del brazo y me llevó a la pista de baile.

Una serie de intensas emociones me invadieron por dentro y supe que cuando nos separáramos, al día siguiente, sufriría muchísimo. Decidí disfrutar del momento y dejarme llevar.

La noche pasó deprisa. Dante estuvo a mi lado en todo momento y ni siquiera me soltó cuando dio el discurso antes del brindis final.

El reloj daba la medianoche cuando, después de un gran aplauso, él me llevó entre la multitud y comenzamos a subir por la escalera hacia nuestra habitación.

Todo el mundo sabía a dónde nos dirigíamos y por qué nos marchábamos de repente, pero lo que opinaran los demás, no debía importarme.

Deseaba a Dante y me negaba a sentirme avergonzada por ello.

A pesar de todo, cuando entramos en la habitación, cerró la puerta y me aprisionó contra ella, se me entrecortó la respiración, me temblaron las piernas y se me endurecieron los pezones.

—Pensaba que la noche no terminaría nunca —dijo él, mientras trataba de desabrocharme el vestido—. Al diablo con él —añadió, antes de rasgar la tela y lanzarla por los aires.

Una mezcla de sorpresa y emoción se apoderó de mí al ver que el vestido caía al suelo y yo me quedaba desnuda ante él.

—*Dio*... ¿En serio? ¿Has estado toda la noche sin llevar ropa interior?

—No podía —dije yo, gimiendo cuando él capturó mi pezón entre sus labios y metió los dedos entre los pliegues de mi sexo—. Nina insistió en que estropearía la caída del vestido.

—El próximo día que la vea, la mato —dijo él, mientras yo arqueaba el cuerpo contra su mano—. Primero, voy a castigarte a ti.

—Por favor —dije yo, moviéndome contra su mano al sentir que él encontraba mi clítoris.

—Dime lo que necesitas, *bella*.

—Te necesito a ti —dije yo.

—*Anch'io ho bisogno di te*... —murmuró él.

Apenas tuve tiempo de traducir sus palabras antes de que él liberara su miembro erecto y me tomara en brazos.

Me sujetó por el trasero y me penetró. Mi espalda golpeaba la puerta cuando él comenzó a moverse. Mi cuerpo recibió su miembro erecto y, en poco tiempo, un fuerte orgasmo se apoderó de mí. Cuando oí que él jadeaba con fuerza y resoplaba, me agarré a sus hombros con intensidad y deseé que aquel momento durara para siempre.

Consciente de que aquella noche era todo lo que podría tener, lo acepté.

Con lágrimas en los ojos, permití que me llevara en brazos a la cama y esperé a que se quitara la ropa.

Yo debía protegerme, pero no encontraba la manera de hacerlo, ni la voluntad, así que permití que me abrazara una vez más.

–¿Estás bien? –preguntó él, acariciándome el cabello y mirándome con tanta ternura que me parecía que se me iba a romper el corazón–. No te he hecho daño, ¿verdad?

–No, por supuesto que no.

–¿Estás segura? Te he poseído como si fueras…

No había terminado la frase, pero yo sabía lo que iba a decir.

«Una prostituta».

Recordé lo que él había dicho antes y cómo me había defendido.

«Tú no eres tu madre. Y nadie puede juzgarte o insultarte por los errores que ella cometió. Te mereces mucho más que eso, ¿comprendes?».

Y yo me pregunté otra vez por qué me había defendido. Y si era a mí a quien trataba de defender o a sí mismo.

Me incorporé para ver su cara en la oscuridad y vi una emoción que me costaba mucho identificar. Y control.

–Me encanta cuando me posees así –dije yo, desesperada por tranquilizarlo.

–Está bien –murmuró él, y me acarició el cabello–. Duérmete –me dijo, y me tumbó para que apoyara la cabeza en su hombro.

Yo lo besé en el pecho y sonreí.

–No hagas eso o voy a tener que poseerte otra vez –dijo–. Entonces, no dormiremos ninguno de los dos.

El deseo que sentía hacia mí me hizo estremecer, pero el sentimiento de compenetración me alteró aún más.

–Dante, ¿puedo hacerte una pregunta?

–Claro –contestó él–. Siempre y cuando me prometas que después te vas a dormir.

–¿Qué hizo tu madre para que la odies tanto?

Él se puso tenso y yo me arrepentí de habérselo preguntado.

–Ya te lo he dicho. Era prostituta –murmuró.

–Lo sé –dije yo–. Y eso debió de ser terrible para los dos –continué–, pero…

–¿Por qué iba a ser terrible para ella? –me interrumpió–. Ella eligió esa vida.

–¿Cómo lo sabes? –pregunté–. Pocas personas eligen prostituirse. Lo hacen por desesperación, porque tienen una adicción, o porque alguien las obliga. ¿Estás seguro de que no se vio obligada a hacerlo? –dije yo, deseando calmar su dolor, ya que, bajo sus duras palabras notaba cierta inseguridad.

Él me había dado mucho durante los últimos cinco días, mostrando confianza en mí y haciendo que me sintiera especial, valorada e importante. Yo quería hacer lo mismo por él. Era evidente que yo no podía aliviar el daño que su madre le había producido, pero sí podía hacerle ver que, a pesar de que fuera prostituta, no significaba que su madre no lo había querido. Además, me daba la sensación de que, cuando hablaba mal de su madre, también se estaba refiriendo a él. Yo no podía decirle lo que sentía por él. Era demasiado pronto. Sin embargo, quería que supiera que era especial.

–¿Qué te parece si dejamos de hablar de mi madre? –dijo él–. En realidad, no la odio. Ni siquiera la recuerdo muy bien.

–De acuerdo –añadí yo.

–Eh –me miró–. No te pongas triste. Lo que me pasó de niño fue hace mucho, y ahora no importa –me dijo, pero yo me pregunté si no estaría mintiendo.

Se colocó sobre mi cuerpo y sentí el peso de su erección contra mi muslo. Como era inevitable, el deseo se apoderó de mí.

–Tengo cosas mucho más importantes de las que hablar –dijo él.

Estaba utilizando el sexo como distracción, poniendo distancia emocional entre nosotros, tal y como había hecho desde el principio. No obstante, mientras me besaba apasionadamente y arqueaba mis caderas para poder penetrarme, decidí entregarme al placer físico para calmar mi tristeza.

Era asunto mío controlar mis sentimientos y, por mucho que me doliera a largo plazo, siempre agradecería esos momentos de conexión que habíamos compartido. Tenía la sensación de que mi madre había hecho el mismo trato, intercambiar sexo por algo más íntimo, pero antes de que la sensación fuera real, él movió sus caderas y me penetró. Yo gemí mientras mis músculos acogían su miembro y exprimían su esencia tras la agonía de otro orgasmo descomunal.

Momentos más tarde me quedé medio dormida entre sus brazos y, durante un instante, un deseo invadió mi conciencia. Si pudiera encontrar la manera de ir más allá del hombre exigente, cínico e indómito en que se había convertido y alcanzar al hombre que era en realidad, entonces podría decirle lo mucho que lo quería.

Capítulo 16

PERMANECÍ tumbado en la oscuridad mirando al techo y notando el peso de la cabeza de Edie sobre mi hombro.

Estaba agotada. Yo la había agotado. Nos habíamos agotado el uno al otro, pero yo no podría quedarme dormido.

La había penetrado de forma enloquecida hasta que la oí gemir de placer y noté que su sexo me atrapaba durante el orgasmo. No una vez, sino dos.

Lo peor había sido lo que había sucedido entre medias, sus palabras susurradas en la oscuridad.

«¿Qué te hizo tu madre para que la odies tanto?». «Pocas personas eligen prostituirse».

Esas palabras eran como Edie. Dulce, ingenua, romántica… E idealista.

Por mucho que no me gustara, aquella conversación me había hecho sentir desnudo y expuesto. Y asustado también.

Era medianoche. Necesitaba dormir también. Al día siguiente tenía que despedirme de los invitados, informar a mi equipo financiero de las decisiones que había tomado durante la semana y empezar con la siguiente etapa del plan de expansión.

Además, por la noche, se suponía que debía tomar un vuelo a Las Vegas. En dos semanas inauguraría allí un hotel y un casino y quería supervisar la inauguración.

Yo había planeado llevarme a Edie a Las Vegas. Ya le había pedido a Nina que le diseñara un vestuario nuevo, había incluido a Edie en la lista de pasajeros del vuelo y había informado a mi secretaria personal de que ella me acompañaría a todos los eventos.

Se suponía que debía contárselo cuanto antes, pero no podía pedírselo, debido a aquella pregunta que tenía que haberle contestado.

No recordaba a mi madre, pero Edie tenía razón. Todavía la odiaba por lo que me había hecho.

No obstante, lo que más odiaba era que Edie lo supiera. Que hubiese descubierto mi vulnerabilidad tan fácilmente.

No debería importarme lo que Edie pensara de mí, pero me importaba, porque ella siempre me había importado más de lo que debía.

Al ver cómo se habían humedecido sus ojos cuando le dije que estaba furioso por lo que Elise Durand había dicho sobre ella, me había afectado.

Su expresión me había mostrado gratitud, afecto, quizá incluso amor y, durante un segundo, yo había deseado merecérmelo.

El deseo había ido aumentando durante la noche y, a pesar de que había tratado de transformar lo que sentía por ella, sabía que no lo había conseguido y que trataba de engañarme a mí mismo.

Igual que todas las mentiras que había creado para tratar de tener motivos para llevarla a Las Vegas conmigo. No era por su mente brillante, ni por su agradable compañía, no. Era mucho peor. Quería que viniera a Las Vegas conmigo porque no quería que nuestra aventura terminara. Tras cinco días de tenerla en mi cama, y unas semanas de tenerla en mi vida, no me podía imaginar lo que haría sin ella.

No quería dejarla marchar. Y por eso precisamente debía hacerlo.

No podía abrirme de nuevo a esas necesidades y deseos.

Me estremecí. El recuerdo de la piedra fría y la lluvia mojando mis extremidades, de aquellas manos sujetándome y unas voces susurrándome cosas extrañas mientras yo lloraba y pataleaba. Las pesadillas que había tenido una y otra vez, despertándome en camas extrañas y recordándome que estaba solo. Yo no era suficiente. Nunca lo sería.

No podía volver atrás. Nunca. No por una mujer. Había pasado años para superar aquella noche, enterrando a aquel niño en lo más profundo, donde nadie pudiera encontrarlo, ni siquiera yo. De algún modo, Edie lo había sacado de su escondite.

Eso suponía una gran amenaza para mí y debía protegerme.

Por mucho que odiara la idea de dejarla marchar, odiaba mucho más la idea de depender de sus caricias, de su risa o su amabilidad.

Edie era apasionada y dulce, pero también inocente. Quizá pensaba que me quería, pero, cuando descubriera lo cínico y poco ilusionado que yo era en realidad, se daría cuenta de que yo nunca podría amarla. Entonces, sus sentimientos cambiarían. Quizá no ahora, ni en las siguientes semanas, pero pasaría tarde o temprano y yo sufriría. No podía permitirme darle la oportunidad de destrozarme, tal y como hizo mi madre cuando yo era pequeño.

Edie se acurrucó contra mi cuerpo y colocó la mano sobre mi pecho. Aquella caricia inconsciente y posesiva me hizo estremecer.

Traté de calmarme mientras escuchaba el suave murmullo de su respiración... Y pensé en cómo terminar nuestra relación, de forma irrevocable, mientras esperaba a que amaneciera.

Capítulo 17

Tómate una semana de descanso en Belle Rivière. Te la mereces. Joe te esperará en Mónaco el día dieciocho. Contacta con él si tienes dudas.

Buon viaggio!

D

Miré la nota de Dante que me habían traído a la habitación mientras recogía mis cosas con manos temblorosas y tragué saliva para deshacer el nudo de angustia y confusión que sentía en la garganta.

Algo iba mal. Muy mal. Y ahora me veía obligada a enfrentarme a ello.

Había sabido que algo iba mal nada más despertarme y ver que Dante no estaba por ningún sitio. Era la primera vez en cinco días que me había despertado sin que él estuviera abrazándome.

Cuando me reuní con él para desayunar en el comedor, él estaba en medio de una llamada y apenas me miró. Y, desde entonces, yo no tuve oportunidad de hablar con él. Ni siquiera durante la entrevista privada que hizo a todo el equipo después de que los invitados se marcharan.

Él me había informado de que recibiría un bonus de dos mil euros al igual que el resto del equipo. Yo me había sentido halagada y muy orgullosa. Él no había mencionado nada acerca de nosotros y yo supuse que era para no mezclar lo personal con los negocios.

Antes de despedirse de mí me había dicho que me ofrecía el puesto en prueba el que me había hablado. Trabajaría con Joseph Donnelly en el casino de Mónaco como consultora de estrategias de juego, para observar las jugadas y los sistemas que los jugadores de grandes apuestas desarrollaban para ganar ventaja. El sueldo era más de lo que yo había soñado con ganar jamás. Suficiente para mantener a Jude también, para pagar la hipoteca de Belle Rivière y hacer las reformas necesarias. Incluso podríamos contratar a alguien para que se ocupara de la limpieza y del mantenimiento del lugar, siempre y cuando yo pudiera demostrarle que detectaría las trampas mejor que su equipo actual.

Era más de lo que me había imaginado nunca y estaba completamente entusiasmada con la idea de aceptar el puesto.

No obstante, en cuanto él me habló de la oferta de trabajo, supe que el motivo de mi entusiasmo no era únicamente el salario y las oportunidades que brindaba el trabajo, sino el hecho de que él hubiera confiado en mí. Y también porque, trabajando para él, tendría la oportunidad de seguir viéndolo y quizá de continuar nuestra aventura.

De alguna manera, incluso me había convencido de que uno de los motivos por los que me había ofrecido el trabajo era porque también deseaba mantenerme cerca.

Después de aceptar el trabajo y firmar el contrato tampoco había tenido la oportunidad de hablar con

Dante en privado y había intentado convencerme de que era porque él estaba muy ocupado.

Al mediodía, Dante había organizado una comida para todo el equipo en la terraza, donde todos se rieron y brindaron por el trabajo bien hecho. Yo le había guardado un sitio a mi lado, pero él pasó de largo y se sentó en el otro extremo de la mesa, con Joseph Donnelly y Evan Jones, el encargado de eventos. Al principio, yo me sentí dolida, pero luego me di cuenta de que era ridículo. Seguramente todavía tenía que hablar de cosas importantes con ellos.

Después de comer, Dante desapareció de nuevo y mis inseguridades empezaron otra vez.

¿Por qué apenas había hablado conmigo? ¿Me estaba evitando? ¿Sería por lo que le había dicho de su madre la noche anterior?

Intenté mantener a raya mis miedos e inseguridades tratando de estar ocupada. Sin duda, hablaría conmigo tarde o temprano y me explicaría lo que pasaba.

Después de despedirme del resto del equipo, yo me dirigí a nuestra habitación, confiando en que él estuviera allí. Sin embargo, me encontré con una empleada empaquetando sus cosas.

Yo me encargué de empaquetar las mías y, cuando terminé, me quedé en la habitación esperando la hora de marcharme. Me preguntaba si me había olvidado por completo. ¿Debía ir abajo a buscarlo? ¿Dónde estaba? ¿Era posible que se hubiera marchado sin decírmelo?

Fue entonces cuando uno de los empleados vino a informarme de que Dante lo había organizado todo para que la empresa de helicópteros me llevara de regreso a Belle Rivière. Y me entregó una nota escrita a mano por él.

¿Me había despedido? ¿Había hecho algo mal? ¿Era por las libertades que me había tomado la noche anterior? ¿Estaba enfadado por la conversación? ¿Qué había pasado con el hombre que estaba preparado para luchar por mi honor a raíz de un simple comentario? ¿El hombre que había bailado conmigo y me había hecho el amor provocándome dos maravillosos orgasmos? Y el que me había abrazado mientras yo dormía.

No lo comprendía. ¿Era así como se había sentido mi madre siempre? Cada vez que la abandonaba un hombre que ella amaba.

Intenté convencerme de que mi aventura con Dante no era lo mismo, porque yo trabajaba para él. Porque éramos iguales. Porque yo no me había implicado mucho en nuestra relación. No obstante, a medida que la sensación de vacío me invadía por dentro, supe que era mentira.

La noche anterior algo había cambiado para mí. Y no para él, ya que, si no, no me habría ignorado aquel día.

Deseaba sentirme enfadada, pero me sentía destrozada.

Doblé la nota.

–¿Quiere marcharse ahora? –me preguntó el joven que me había traído la nota–. Creo que el helicóptero está preparado para cuando lo necesite.

–Dant… ¿El señor Allegri todavía está aquí? –pregunté.

Debía marcharme, por un lado, sabía que me resultaría más doloroso hablar con él sobre su rechazo hacia mí. No iba a hacer una escena. No tenía el corazón roto. No podía permitírmelo. No podía perder el trabajo que él me había ofrecido.

Él no me debía nada. Yo había aceptado esa aventura sabiendo lo que iba a encontrarme. Y, aunque todo hubiera cambiado para mí, no era culpa suya que no hubiera cambiado para él. Solo habían sido cinco días. Cinco gloriosos días, pero yo no podría vivir tranquila si, al menos, no me despedía de él.

Antes de verlo otra vez en un ambiente laboral, necesitaba cerrar lo que habíamos empezado. Saber que lo nuestro no tendría otra oportunidad.

El hombre sonrió.

—Sí, todavía está aquí. En su despacho.

—¿Sabe si está con alguien más? —pregunté.

—No, todos los demás se han ido excepto usted y los empleados que están cerrando la casa.

Yo asentí y me puse en pie.

—Si pudiera llevarme el equipaje al helicóptero, sería estupendo. Me encontraré allí con usted.

El hombre asintió y se dirigió a buscar a alguien que lo ayudara.

Yo me guardé la nota en el bolsillo de los vaqueros y me dirigí en la otra dirección. Al llegar al despacho de Dante, las lágrimas se agolpaban en mi garganta. Había sido una idiota.

Entré sin llamar. La puerta estaba entreabierta y podía ver que él estaba en su escritorio, escribiendo en el ordenador.

Cuando entré en la habitación, él levantó la cabeza.

—Hola, Edie… ¿Hay algún problema con los detalles del viaje? —preguntó—. Pensé que ya te habrías marchado.

Tan educado. Tan distante. Tan profesional. ¿Cómo podía ser el mismo hombre que me había penetrado una y otra vez, como si quisiera dejarme la marca de su propiedad?

—Quería decirte adiós antes de marcharme —le dije—. Pensé… —las palabras se me atravesaron en la garganta al ver que él continuaba mirándome como si fuera otra empleada más.

Él cerró el ordenador y se acomodó en la silla.

—¿Qué pensaste? —preguntó, y su tono de impaciencia me destrozó.

—Pensé… No creí que esto acabaría así.

—¿Cómo pensabas que acabaría? —dijo él, confirmando el peor de mis miedos. Que se había cansado de mí.

El hombre que tenía delante se parecía a Dante Allegri. Tenía la misma complexión y la misma musculatura. También el mismo tatuaje que asomaba por el cuello de su camisa. Sin embargo, no era el mismo hombre que me había abrazado la noche anterior. Ese hombre había sido arrogante, y bastante dominante, pero no había sido cruel.

—Pensé que me lo habrías dicho —contesté, tratando de hablar con tranquilidad.

—Hoy he estado ocupado, Edie —dijo él.

Yo me di cuenta de que no me había llamado «bella» ni una sola vez desde la noche anterior.

—Simplemente no he tenido tiempo —añadió.

—¿No has tenido tiempo ni para hablar conmigo?

—Hemos hablado, y te he ofrecido un contrato muy generoso que has aceptado.

—¿Es por lo que te dije de tu madre? Sé que no era asunto mío, y lo siento.

—Por supuesto que no. Si vas a hacer una escena emocional, puede que me replantee mi oferta. Sé que eres joven e ingenua, pero tengo la sensación de que sabías muy bien a dónde nos llevaría esto.

–Pero yo…

–Tú me buscaste, Edie. Dejaste claro que me querías como amante. Si ahora crees que has entregado tu virginidad demasiado a la ligera, me temo que es tarde para cambiar de opinión.

–¿Lo sabías? –pregunté asombrada.

–Por supuesto que lo sabía. No soy tan inexperto como tú.

–¿Y no dijiste nada?

–¿Por qué iba a hacerlo? No era asunto mío.

Me di cuenta de que me estaba acusando por haberlo engañado. Yo nunca le había pedido nada a cambio. Y lo único que le pedía ahora era una despedida.

–No esperaba nada a cambio. Me entregué a ti libremente. Quería que fueras el primero.

–Cualquier relación sexual es una transacción. De un modo u otro. Tu madre lo sabía, igual que la mía.

–Eso no es cierto. Mi madre siempre amó a los hombres con los que se acostó.

–Qué curioso. Entonces siempre se enamoraba de hombres ricos –dijo con tono de mofa, recordándome todas las veces que me habían insultado o bromeado acerca de lo que hacía mi madre.

Aquello era mucho peor.

Las lágrimas se agolparon en mis ojos. Lágrimas que no podía derramar. Pensé que él lo había entendido. Que había estado de mi lado, pero él era peor que todos los demás.

–Canalla –susurré yo–. Me has utilizado.

–Nos hemos utilizado el uno al otro. Tú me has entretenido esta semana y yo te he dado la oportunidad de descubrir lo sensual que eres. Algo que claramente te estabas negando a ti misma, si no, no habrías permanecido virgen tanto tiempo.

–Te lo agradezco –dije, tratando de herirlo como él me había herido a mí–. Me aseguraré de aplicar todo lo que me has enseñado acerca de cómo complacer a un hombre cuando esté con mi próximo amante.

Él apretó los dientes y frunció el ceño con furia antes de que yo me marchara.

No lloré hasta que el helicóptero despegó. Eran lágrimas de angustia, y pena. También me sentía humillada por mi propia estupidez, pero sobre todo lloraba porque tenía el corazón roto.

¿Cómo podía haber sido tan ingenua para dejar que Dante Allegri me engañara?

Me sequé las lágrimas y me obligué a mirar hacia el horizonte, lejos de la finca.

Sobreviviría y avanzaría. Me convertiría en la mejor empleada que hubiera tenido nunca. Y le estaría agradecida por la importante lección que me había enseñado. Una lección que pensaba que había aprendido durante mi infancia.

«Nunca te enamores de un hombre que valore más el dinero, el poder y la ambición, que el amor».

Capítulo 18

ES EDIE la que está hablando con Alexi Galanti? —le pregunté a Joe Donnelly, quien había venido a recibirme a la entrada de The Inferno. Edie llevaba un vestido de seda azul y estaba hablando con el propietario de Fórmula Uno en una esquina del casino.

Al instante, experimenté una mezcla de rabia y ansiedad. Había estado tres semanas alejado de Mónaco. Tres semanas tortuosas durante las que los recuerdos de Edie, y de lo que habíamos compartido, me atormentaban a diario.

Su rostro decidido de la primera noche, mientras jugaba al póquer. Sus labios temblorosos de cuando la besé a la luz de la luna. Sus senos redondeados bajo la tela del bikini. Sus brazos delicados mientras bailábamos. Los ojos verdes cubiertos de lágrimas que vi cuando la forcé a admitir la realidad acerca de quién era yo y de lo poco que podía ofrecerle.

Todos esos recuerdos me invadieron de nuevo mientras la miraba como un hombre hambriento. Recuerdos que me bombardeaban cada vez que cerraba los ojos, para despertarme excitado y sufriendo por dentro. Recuerdos por los que había aparecido en Mónaco sin avisar. Después de haber estado tres semanas alejado, tratando de olvidarla, no lo había conseguido. Y ahora me encontraba con aquello.

La mujer que yo había desflorado, miraba a otro hombre como me había mirado a mí en otro momento.

–Sí, Edie está de anfitriona en el juego del Millionaire Club. Alexi viene a jugar –dijo Joe, pero apenas podía oírlo.

¿Por qué sonreía a Alexi de ese modo? ¿Había algo entre ellos? ¿Por qué no me había dejado llevar por el instinto y regresado antes? Ella era una chica inocente y yo la había dejado perdida en un mar de tiburones. Y mi amigo, era uno de los más voraces.

–Me alegro de verte, por cierto –dijo Joe–. No esperábamos verte hasta dentro de una semana.

–Mis planes han cambiado –dije yo, y continué mirando a la mujer que invadía mis sueños. Alexi estaba demasiado cerca de ella. No me gustaba. Igual que tampoco me gustaba el escote pronunciado de su vestido y que facilitaría que él le viera hasta el ombligo.

Joe chasqueó los dedos delante de mi cara.

–Ya basta, Dante. La estás mirando como si quisieras devorarla.

–Alexi no tiene por qué rondarla de esa manera. Ella es una empleada.

–Lo sé –dijo Joe–. ¿Y tú sí?

–¿Qué quieres decir?

–Ya sabes lo que quiero decir. Me has llamado todos los días para ver cómo estaba ella. Y ahora estás aquí, cuando se suponía que debías estar en París. ¿Qué diablos pasa entre vosotros dos? Pensaba que lo habías dejado con ella.

–¿Alexi está flirteando con mi empleada y no debo enfadarme por ello? –dije yo, sin dejar de mirar a Edie.

La había echado de menos. Su imagen, su olor, el tacto de su cuerpo al acurrucarse a mi lado. ¿Cuándo conseguiría controlar la nostalgia? ¿Y por qué me encontraba peor al verla?

—Alexi flirtea con todas —dijo Joe—. Y nunca te había molestado.

Alexi levantó la mano y le colocó a Edie un mechón de pelo detrás de la oreja. Edie sonrió, con esa sonrisa que solo debía ser para mí.

La rabia me invadió por dentro.

—¡Cretino! —grité, y varias personas se volvieron hacia mí.

—Dante, ¡espera! —Joe trató de agarrarme del brazo.

Yo me zafé y caminé entre la multitud.

Eso terminaría allí mismo. Edie debía protegerse de gente como Alexi Galanti. Era demasiado ingenua. ¿Cómo se me había ocurrido darle un trabajo en el que se expondría ante cretinos como él? Y después dejarla sola. Necesitaba mi protección más que nunca. Incluso, aunque no estuviéramos juntos, tenía la responsabilidad de mantenerla a salvo.

Mientras me acercaba, Edie volvió la cabeza como si hubiese percibido mi presencia. Nuestras miradas se encontraron y yo tuve que controlarme para no tambalearme.

—¿Dante? —susurró mi nombre.

—Galanti, estás fuera —le dije a Alexi, sin dejar de mirar a Edie.

Lo eché a un lado, agarré a Edie del brazo y continué caminando hacia la cabina de seguridad del casino. Su piel parecía muy suave bajo mis dedos.

Alexi gritó algo, pero no lo entendí. Solo me importaba Edie y el calor que había provocado dentro de mí.

—¿Por qué estás aquí? —preguntó ella, confusa—. ¿He hecho algo mal?

–Tenemos que hablar –le dije–. Todo el mundo fuera –grité a los tres chicos que había en la cabina.

El personal de seguridad nos dejó a solas y cerró la puerta. La luz azul de los monitores iluminaba su rostro. ¿Cómo podía olvidar lo preciosa que era? Sus senos se movían al respirar contra la tela del vestido. El deseo de ocultar mi rostro contra su cuello, inhalar su aroma, saborear su piel, arrancarle el vestido para poder liberar sus pezones y…

«¡Céntrate, Dante!».

No estaba allí para saciar mi deseo. Estaba allí para protegerla de hombres como Alexi Galanti Y como yo.

–¿Te estás acostando con él? –le pregunté. La había dejado para protegerla de mí y, al poco tiempo se había dejado seducir por un hombre que era igual de malo y cínico que yo. O más.

Debía haber ido a verla mucho antes. Le había dado ese trabajo para que estuviera segura, para protegerla. Y yo me había mantenido alejado.

Ahora estaba con ella, y no pensaba marcharme hasta que comprendiera que haría todo lo posible para protegerla.

–Él no te merece, *bella*. Al menos, no más que yo.

Ella me miraba con el rostro sonrojado. Quizá pensaba que tenía experiencia después de lo que había compartido conmigo, pero no era cierto. Era demasiado confiada, demasiado inocente, demasiado idealista como para comprender cómo funciona la mente de un hombre.

–Contéstame, *bella* –le dije, preparándome para su respuesta y acariciándole la mejilla. Ella se retiró a un lado y sentí como si me dieran una puñalada–. ¿Te has acostado con Alexi?

Capítulo 19

POR QUÉ quieres saberlo? –le susurré al hombre que tenía delante, tratando de no derrumbarme.

Nada más verlo me había invadido un fuerte sentimiento de amor, seguido del sufrimiento que él me había producido.

Lo miré tratando de comprender, pero había algo incomprensible en su mirada. ¿Cómo podía mirarme con tanta nostalgia cuando me había dejado tan fácilmente? Había tardado tres semanas en convencerme de que no había sido culpa mía, de que todo lo que le dije sobre su madre provenía del amor.

–Tengo que saber si Alexi te ha seducido –dijo él–. Si es así, lo mataré.

–Basta. Deja de preguntarme acerca del señor Galanti. ¿Estás loco?

–¿El señor Galanti? No Alexi. *Grazie a Dio* –suspiró–. Entonces, no te has acostado con él. Eso es una buena noticia, *bella*, me siento orgulloso de ti.

Una oleada de deseo se apoderó de mí. Deseaba sentir sus caricias, aceptar sus halagos, su protección. ¿No había soñado con todo ello cada noche, desde que me marché de la Villa Paradis? Que él volvería, que me reclamaría y me diría que todavía le importaba y que no quería hacerme daño.

No obstante, lo que me invadió con fuerza fue la furia, y el deseo de hacerle daño igual que él me lo había hecho a mí.

–No me toques –grité–. ¿Cómo te atreves a preguntarme por mi vida sexual? No tienes derecho.

–Tengo todo el derecho del mundo. Eres mi empleada. Y yo fui tu primer amante. Trato de protegerte. Alexi es un mujeriego. Utiliza a las mujeres y luego las abandona…

–Esto no tiene nada que ver con el señor Galanti –lo interrumpí–. Y no te atrevas a atacarme con mi virginidad. Si era inocente, ya no lo soy. Y, si querías protegerme, ¿por qué no me protegiste de ti, Dante?

Me sequé las lágrimas que rodaban por mis mejillas. Ya no me avergonzaban y no me importaba que él las viera.

–*Bella*, por favor, no llores –dijo él, y se acercó a mí.

Yo di un paso atrás.

–No –le dije–. Tú me dejaste, Dante. Lo que significa que no puedes irrumpir en mi vida tres semanas después, diciéndome con quién, o con quién no, puedo acostarme. No vuelvas a llamarme *«bella»*, a tocarme como si fuera tuya, o a mirarme como si te importara cuando ambos sabemos que no es así. Me has hecho daño –añadí–. Sé que solo fueron cinco días y que quizá me dejé llevar por el romanticismo. Que era demasiado pronto, pero mis sentimientos eran reales. Me estaba enamorando de ti y tú lo sabías. Aun así, me trataste como si no te importara nada.

–Eras muy inocente. Solo te dejé para protegerte –dijo él.

–No, no es cierto. Lo hiciste para protegerte tú

–me abracé para controlar el temblor de mi cuerpo–. No sé lo que te hizo tu madre, Dante, pero espero que algún día lo superes.

Pasé a su lado. Tenía que salir de allí, escapar de él. Me había equivocado aceptando ese trabajo. Quería estar a su lado, aunque él no me deseara. Quería tener la oportunidad de impresionarlo, de recibir su aprobación. Dante tenía razón, yo era inocente e ingenua. Él había sido mi primer amante y mi primer amor. Me había utilizado y había llegado el momento de protegerme, de él y del efecto que tenía sobre mí.

–¿Dónde vas? –me preguntó–. Sigues siendo mi empleada.

–Ya no –le dije–. Dimito.

Capítulo 20

TIENES que ir a buscarla, Dante. Disculparte, aunque sea humillante para ti, pero la necesitamos aquí.

—No —le dije a Joe.

—¿Por qué no? —Joe se inclinó sobre mi escritorio para empezar a darme la charla que había oído durante los últimos tres días, desde que Edie se marchó del casino.

—Porque no tiene sentido disculparse.

—Por supuesto que lo tiene —dijo Joe—. Te has comportado como un canalla. Si tú...

—No es que no vaya a disculparme, es que no servirá de nada —llevaba tres noches sin dormir, pero no porque hubiera tenido sueños eróticos con Edie, sino porque me habían invadido las pesadillas que siempre había tenido de pequeño. La tristeza de mi madre. Mi temor a que ella nunca regresara.

Las preguntas que siempre me despertaban en mitad de la noche. ¿Por qué no era suficiente? ¿Por qué no me quería? ¿Por qué me había abandonado?

Esta vez, las respuestas eran evidentes.

Edie me había abandonado porque era un cobarde y tenía miedo de mostrarle mis sentimientos a causa de algo que había sucedido veinte años atrás. Edie tenía razón, la había dejado para protegerme a mí mismo.

—¡Eso es ridículo! —dijo Joe—. Ella necesita este trabajo. Tiene que pagar una hipoteca. Es muy inteligente, y si le dices que nunca volverás a comportarte como un canalla…

—Eso no puedo garantizárselo. No soy capaz de pensar de manera racional cuando se trata de ella. Verla con Alexi ha hecho que me comporte como un loco. Imaginarla con otro hombre me angustia, y eso me acompañará mucho tiempo.

Joe me miró asombrado.

—No tenía ni idea de que te habías enamorado de ella —se apoyó en el respaldo de la silla—. En menos de una semana. Esto es algo importante.

Yo solté una carcajada sin humor.

—Precisamente.

Era curioso que no me horrorizara admitir que me había enamorado de Edie.

Tres días antes me habría reído si Joe hubiese insinuado tal cosa. Yo no creía en el amor. Ni siquiera en su existencia. Lo consideraba una debilidad, un sentimentalismo que había que evitar o negar hasta que desapareciera.

—No me puedo creer que se haya marchado después de que se lo dijeras. Estaba destrozada cuando rompiste con ella en la finca, aunque intentó hacer lo posible por disimular.

—No se lo he dicho —le dije a Joe.

—¿Por qué no?

—Porque ya le he hecho demasiado daño.

¿Qué sentido tenía decirle que la quería cuando no sería capaz de perdonarme nunca? Ni siquiera yo podía perdonarme.

—Eso me suena a excusa —opinó Joe—. ¿Cómo sabes lo que hará si ni siquiera le dices lo que sientes por ella?

—No quiero hacerle más daño —insistí, pero mis palabras no me convencieron.

—No veo por qué vas a hacerle daño diciéndole que la quieres.

El verdadero motivo por el que no quería decírselo era el miedo a que me rechazara. Edie tenía la capacidad de herirme que nunca había tenido otra mujer, excepto mi madre.

No obstante, Edie no era mi madre. Y no me había abandonado, hasta que la abandoné yo.

Era una mujer valiente y decidida, apasionada, fuerte y con recursos. Se había enfrentado a grandes riesgos para proteger a su familia y su casa. Quizá había llegado el momento de que yo hiciera lo mismo Si deseaba que ella me quisiera a su lado.

Capítulo 21

EDIE, por fin has vuelto. ¿No has recibido mis mensajes? –me dijo mi hermana mientras yo dejaba mi bolsa de artículos de limpieza en el suelo.

–Tenía trabajo que hacer, Jude –dije yo–. No puedo contestar el teléfono mientras trabajo. Si alguien me ve pensará que estoy remoloneando.

Había hecho lo correcto al dejar mi trabajo en el casino. Si seguía en su entorno, nunca llegaría a controlar mis sentimientos por Dante. No obstante, volver a mi trabajo como limpiadora había sido como un castigo inmerecido.

–Hay alguien aquí que quiere verte. Te está esperando en la biblioteca –me informó Jude.

–¿Quién es?

–El señor Allegri –dijo ella–. Creo que quiere ofrecerte el trabajo otra vez –parecía tan contenta que no me atreví a contarle la verdad.

No le había explicado a Jude que me había enamorado de un hombre tan despiadado y herido como los hombres por los que nuestra madre se había sentido atraída.

–No quiero verlo.

Jude me agarró del brazo y me llevó hacia la biblioteca.

–No seas tonta, Edie. Tienes que verlo. Ha venido

hasta aquí en helicóptero. Y parece... no sé... parece desesperado.

Antes de que pudiera contarle la verdad, ella me había metido en la habitación y cerrado la puerta.

–¿Edie?

Al verlo, reaccioné tal y como esperaba. Intenté ser fuerte para poder mantenerme alejada de él y superarlo tarde o temprano.

–Tienes que marcharte, Dante –dije yo–. Ya sé que he hecho un buen trabajo.

–No he venido por el trabajo. Tengo que hacerte una pregunta –se acercó a mí–. ¿Me quieres? Si me quieres, no es demasiado tarde.

La desesperación se apoderó de mí al ver la intensidad de su mirada. Quería decirle que no. Deseaba que no fuera verdad. ¿Cómo podía estar enamorada de un hombre que me había hecho daño? Incapaz de decírselo, vi el brillo de la esperanza en su mirada.

–Dime que ya no me quieres y me marcharé, *bella* –declaró él–. Y nunca volveremos a hablar de esto.

Me di la vuelta para salir de la habitación, pero él me siguió e impidió que abriera la puerta, colocando ambas manos sobre ella.

Yo me quedé atrapada entre sus brazos, notando cómo mi cuerpo sucumbía ante el deseo, como siempre ocurría cuando él estaba cerca.

–No puedes decirlo, *bella,* porque no es verdad –susurró contra mi cuello–. Me quieres y me deseas, y lo sabes. Permíteme que yo lo solucione.

Me giré y apoyé las palmas de las manos contra su pecho. Iba a besarme. Quería besarme. Lo veía en su rostro. Me deseaba igual que yo a él, pero, de algún modo, encontré las fuerzas para resistirme.

–¿No ves que no es suficiente? –le dije.

Y en lugar de aprovecharse de mi debilidad, dejó caer los brazos y dio un paso atrás.

–No importa si yo te quiero –añadí–. O si te deseo. Si me besas y hacemos el amor, después de cómo me has tratado, te estaría invitando a que me trataras mal otra vez. Mi madre se convirtió en la sombra de sí misma por ese motivo. Y cada vez que comenzaba una nueva aventura amorosa se engañaba diciéndose que ese hombre sería diferente, pero no lo era, porque ella era demasiado sumisa y poco exigente. Nunca pidió el compromiso de tener una relación igualitaria y, por eso, acababan cansándose de ella, igual que tú te has cansado de mí.

–Yo nunca me he cansado de ti –me interrumpió él–. Te deseo mucho.

–No estoy hablando de sexo únicamente –dije yo, desesperada.

–No. No te quería en mi cama únicamente, quería que formaras parte de mi vida –suspiró–. Tu alegría, tu simpatía, tu inteligencia. Me excitas toda tú, no solo tu deseable cuerpo.

Él levantó la mano para acariciarme, pero, al ver que yo me sobresaltaba, la bajó.

–Por eso no puedo estar lejos de ti. Por eso me he vuelto loco cuando te vi hablando con Alexi. Estoy enamorado de ti, *bella*. Por favor, dime que no es demasiado tarde para solucionar todo esto.

Sus palabras me destrozaron porque sabía que eran sinceras. Hablaba en serio, pero yo me obligué a bloquear la esperanza que surgía en mí. Porque no era suficiente. O incluso era peor.

Si se había enamorado de mí, ¿cómo podía haberme hecho tanto daño?

—¿Cómo has podido tratarme de esa manera si me querías? —le pregunté.

Él respiró hondo.

—Porque amarte me aterrorizaba —murmuró.

Me fijé en que tenía ojeras y que parecía agotado. Deseé sujetarle el rostro con las manos, abrazarlo y prometerle que trataría de calmar sus miedos. Sin embargo, cerré los puños y los mantuve a ambos lados de mi cuerpo.

—¿De qué tenías miedo?

—De que me dejaras —dijo él—. Igual que me dejó ella.

—¿Tu madre? —le pregunté.

Él tragó saliva y asintió.

—Cuando me preguntaste por ella, te mentí y te dije que no la recordaba. La verdad es que, cuando empecé a sentir algo por ti, empecé a recordar todo lo que sucedió ese día. Y me asustaba que volviera a suceder.

Miró a otro lado, pero yo ya había visto el dolor en su rostro. Me dio un vuelco el corazón. Él me había dejado porque tenía miedo de perderme. Tenía sentido.

Coloqué la mano sobre su mejilla y le giré el rostro hacia mí. No podía esperar más, así que lo besé con delicadeza.

—¿Puedes contarme lo que pasó?

Dante apoyó la frente sobre la mía y me abrazó.

—Sí.

Capítulo 22

S I PUDIERA evitar esta conversación… He pasado mucho tiempo de mi vida negando lo que me sucedió. ¿Cómo era posible que las heridas todavía estuvieran abiertas? No obstante, sabía que se lo debía a Edie. ¿Cómo podría confiar en mí otra vez después de lo que le había hecho?

—Yo tenía cinco o seis años. La noche anterior había habido violencia. Su chulo le había pegado. Yo traté de intervenir y me pegó a mí también…

Edie se estremeció y me abrazó.

—Está bien —me dijo—. Estoy aquí.

Era exactamente lo que necesitaba oír. Me ayudó a darme cuenta de que ya no era el niño pequeño, asustado y maltratado. Era un hombre adulto y Edie nunca me heriría como mi madre.

—Quizá ese era el motivo por el que decidió deshacerse de mí. Al día siguiente lloró mucho. Hizo que me vistiera con mis mejores ropas y me llevó hasta los escalones de la iglesia donde íbamos a misa cada domingo. Irónico, ¿verdad? Una prostituta yendo a misa.

—Continúa.

—Me dijo que la esperara, que volvería pronto. Y antes de marcharse, me dijo que me quería. La esperé mientras la gente iba y venía. El cura intentó hablar conmigo y apareció un policía y un trabajador social.

Había empezado a llover y querían que entrara en la iglesia. Yo me puse histérico. Les dije que no me podía marchar, que ella había prometido que volvería a buscarme. Tenía miedo de que si me marchaba de allí no me encontrara nunca más —empecé a temblar al recordar los gritos, la lluvia y las patadas que le di al policía.

—Oh, Dante. Lo siento —Edie me abrazó con fuerza y ocultó el rostro contra mi pecho. Yo noté que sus lágrimas mojaban mi camisa, pero su angustia ya no era de lástima, sino de compasión—. Debió de ser muy duro para ti, y para ella.

—¿Para ella por qué? No me quería. Me abandonó.

—¿De veras lo crees?

—Por supuesto.

—¿Qué pasó contigo después de que se marchara?

—Entré en el programa de niños en acogida de Nápoles. Me resultó difícil adaptarme. Me sentía muy solo. Quería estar con mi madre. Y estaba muy enfadado por que me hubiera abandonado.

—Ya, pero ¿te volvieron a pegar? ¿O a maltratar?

—No —dije yo.

—¿Crees que es posible que ella te dejara allí porque te quería demasiado y no quería verte sufrir más? ¿Que quisiera protegerte? Dijiste que su chulo era violento. ¿No te parece plausible que ella creyera que debía dejarte para mantenerte a salvo?

Algo se abrió dentro de mí al oír su comentario. Y de pronto, todos los recuerdos que había mantenido enterrados durante años salieron a la luz.

«*Ti voglio bene assai*». ¿Cuántas veces me había dicho que me quería? No solo esa vez. Cientos o miles de veces. ¿Cuántas veces me había hecho cosquillas para hacerme reír? ¿Cuántas veces me había abrazado y besado? ¿Cuántas veces me había leído cuentos para dormirme después de que los hombres se hubieran marchado? La imagen de su rostro apareció en mi cabeza, pero por primera vez me di cuenta de lo joven que era. Yo había nacido cuando ella no era más que una adolescente.

–*Dio*! ¿Cómo no me he dado cuenta antes? Llevo toda la vida echándole la culpa de mi cobardía y mi egoísmo cuando el único responsable soy yo.

Edie me sujetó el rostro para que la mirara a los ojos. El amor que reflejaba su mirada me hizo sentir mal.

–Tonterías, Dante –dijo ella–. Eres un hombre bueno.

No. No lo era, pero me bastaba con que ella lo creyera. En esos momentos no me importaba si me merecía estar con ella o no. Aceptaría lo que pudiera darme. Y siempre le estaría agradecido.

–Estabas asustado y, después de lo que sucedió con tu madre, es normal que me alejaras de ti.

–¿Quieres decir que me perdonas, *bella*?

Ella me contestó con una sonrisa y yo me emocioné. Iba a darme una segunda oportunidad. Lo veía en sus ojos. ¿Qué diablos había hecho para merecérmela? ¿Y cómo no iba a hacer todo lo posible para que se quedara conmigo?

–¿Qué te parece? –dijo ella, rodeándome el cuello con los brazos y besándome en los labios.

No necesité otra invitación.

La agarré por las caderas y capturé su boca para besarla apasionadamente y marcarla como mía por toda la eternidad.

Capítulo 23

DANTE me besó en la boca mientras la esperanza, la emoción y la ternura se apoderaban de mi corazón.

Me había dicho que me amaba, me había contado lo de su madre. Éramos iguales. Y ya teníamos la oportunidad de convertir aquella relación en algo sólido y duradero.

Me dejé llevar por su beso y, al notar su miembro erecto contra mi vientre, me invadió el deseo. A pesar de la ropa, su miembro era poderoso y potente. Y mi cuerpo se preparó para recibirlo.

—¿Volverás a trabajar en The Inferno mañana? ¿Vivirás conmigo en la Villa Paradis? —murmuró, mientras me besaba en el cuello y me acariciaba el trasero.

—Sí, sí. Pero… has de prometerme que no volverás a ponerte así cuando esté trabajando.

—Por supuesto que no lo haré, *bella* —dijo él—. Aunque Galanti será hombre muerto si vuelve a sonreírte de ese modo.

—Dante, es una locura —le reconvine, al ver que no hablaba en broma—. No puedes matarlo por sonreírme. Sería muy malo para tu negocio.

Antes de que pudiera seguir discutiendo, él me succionó con fuerza el cuello. El deseo se apoderó de mí con intensidad y mi cabeza fue incapaz de producir un pensamiento coherente.

«¡Bienvenida a The Inferno, de verdad!».

Epílogo

ESO ES todo, Joe. Hemos finalizado el curso de formación –colgué el teléfono y le grité a Dante para que me oyera por encima del sonido del helicóptero, antes de aterrizar en la Villa Paradis–. A finales de año ya habré formado a todos los empleados del casino en cómo detener los diferentes sistemas que he descubierto –añadí, complacida por todo lo que había conseguido desde mi puesto de directora de seguridad y sistemas de juego.

–Excelente trabajo, *bella* –dijo Dante, antes de desabrocharme el cinturón de seguridad cuando paró el helicóptero. Después me quitó el teléfono de la mano y se lo guardó en el bolsillo–. Ahora se acabaron las conversaciones durante el fin de semana –añadió, dándome un abrazo–. Si no, te despediré.

–Adelante –bromeé yo, abrazándolo también–. Conozco a otros propietarios de casinos que me contratarían sin dudarlo.

–Entonces, tendrán que morir –dijo él, antes de besarme.

El beso se convirtió en deseo y, justo cuando empezaba a estar desesperada, él se separó de mí y me levantó para colocarme sobre su hombro.

–¿Qué haces? –pregunté mientras me sacaba del helicóptero como si fuera un saco de patatas–. Bájame.

—Quédate quieta, o te dejaré caer.

Dante ignoró mis protestas y bajó del helicóptero. En lugar de entrar en la casa, rodeó el palacete y bajó por los escalones hasta la playa privada.

El sol calentaba mi piel, y mi corazón latía con fuerza, cuando me dejó de pie en el suelo de nuestro sitio especial.

Había pasado más de un año desde que hicimos el amor por primera vez en aquella cala, y siempre que íbamos a la Villa Paradis encontrábamos un momento para encontrarnos allí. Había sido un año lleno de amor y alegría. También, con alguna discusión pasional, ya que Dante era el hombre más exasperante que había conocido nunca. Igual que el más maravilloso.

—Eres un peligro. No me puedo creer que me hayas bajado así delante de todos los empleados. Como si fueras un pirata y yo tu prisionera. No volverán a tomarme en serio.

—Los empleados te adoran, ya lo sabes. Y si no quieres que te trate como a una prisionera no amenaces con irte de mi lado —me acarició el rostro—. Sabes que me vuelve loco.

—Sabes que nunca te abandonaré.

Él sonrió y dijo:

—Lo sé, pero creo que ha llegado el momento de que lo hagamos oficial. Y quería que fuera aquí.

Lo observé mientras sacaba una cajita de terciopelo del bolsillo de sus pantalones. La abrió y me mostró un anillo de oro blanco y esmeraldas que brillaba bajo el sol. Después, clavó una rodilla en la arena frente a mí.

—Amor mío, vida mía, *bella* mía —me dijo—, ¿quieres convertirte en mi esposa?

Yo me cubrí la boca con la mano y comencé a llorar.

—Oh, Dante… Yo… No puedo…

—Solo tienes que decir sí, *bella* —dijo él.

—Oh, Dante —me lancé a sus brazos y lo tiré al suelo—. ¡Sí! ¡Sí! ¡Sí! —grité riéndome, para que todo el mundo pudiera oírme—. ¡Claro que sí!

Él comenzó a reírse también y ambos nos revolcamos por la arena.

Al cabo de unos instantes, él se incorporó.

—Maldita sea —me dijo—, creo que he perdido el anillo —añadió mirando la caja vacía.

—No importa —dije yo, rodeándole el cuello con los brazos para que se agachara—. Lo encontraremos, juntos.

Él sonrió y me miró con la promesa de los años venideros.

—Sí —me dijo con tono de seguridad—. Lo encontraremos, juntos.

Entonces, me besó y sus labios sabían a seguridad, amor y felicidad. ¡Además de a sol y a arena!

Bianca

Él podría salvarla...
pero sus caricias iban a ser su perdición.

CARICIAS
PRESTADAS

Natalie Anderson

Katie Collins no podía creer que estuviese delante del conocido playboy Alessandro Zeticci, pidiéndole que se casase con ella. Estaba desesperada por escapar de un matrimonio no deseado, organizado por su despiadado padre de acogida y la única solución que se le había ocurrido era encontrar ella otro marido. Alessandro no había podido ignorar la desesperación de Katie e iba a acceder a casarse con ella si era solo de manera temporal. No obstante, con cada caricia, Alessandro tuvo que empezar a preguntarse si iba a ser capaz de separarse de su novia.

Acepte 2 de nuestras mejores novelas de amor GRATIS

¡Y reciba un regalo sorpresa!

Oferta especial de tiempo limitado

Rellene el cupón y envíelo a
Harlequin Reader Service®
3010 Walden Ave.
P.O. Box 1867
Buffalo, N.Y. 14240-1867

¡Sí! Por favor, envíenme 2 novelas de amor de Harlequin (1 Bianca® y 1 Deseo®) gratis, más el regalo sorpresa. Luego remítanme 4 novelas nuevas todos los meses, las cuales recibiré mucho antes de que aparezcan en librerías, y factúrenme al bajo precio de $3,24 cada una, más $0,25 por envío e impuesto de ventas, si corresponde*. Este es el precio total, y es un ahorro de casi el 20% sobre el precio de portada. ¡Una oferta excelente! Entiendo que el hecho de aceptar estos libros y el regalo no me obliga en forma alguna a la compra de libros adicionales. Y también que puedo devolver cualquier envío y cancelar en cualquier momento. Aún si decido no comprar ningún otro libro de Harlequin, los 2 libros gratis y el regalo sorpresa son míos para siempre.

416 LBN DU7N

Nombre y apellido   (Por favor, letra de molde)

Dirección   Apartamento No.

Ciudad   Estado   Zona postal

Esta oferta se limita a un pedido por hogar y no está disponible para los subscriptores actuales de Deseo® y Bianca®.
*Los términos y precios quedan sujetos a cambios sin aviso previo.
Impuestos de ventas aplican en N.Y.

SPN-03

DESEO

El reencuentro inolvidable de dos amantes

Una noche
con su ex
KATHERINE
GARBERA

Cuando en la fiesta de compromiso de su hermana, Hadley
Everton se reencontró con Mauricio Velasquez, su examante,
la pasión entre ellos volvió a avivarse. Pero lo que debía ser un
último encuentro de despedida había despertado en ellos el
deseo de darse una segunda oportunidad. Con el temor de un
embarazo no deseado y un escándalo mediático amenazando
su futuro, ¿podrían comprometerse esta vez a pasar juntos el
resto de sus vidas?

Bianca

Chantajeada por un millonario

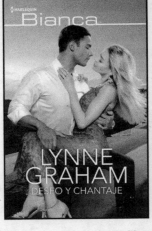

DESEO Y CHANTAJE

Lynne Graham

Elvi no podía creer que su intento por apelar al corazón de Xan Ziakis hubiera terminado tan mal. Pero, si quería salvar a su madre, no tenía más remedio que aceptar la indecente condición del griego: que se convirtiera en su amante.

Desde luego, Xan era un hombre impresionante, y tenía un fondo sensible que solo podía ver Elvi. Pero, ¿cómo reaccionaría cuando se diera cuenta de que su nueva amante era virgen?

¡YA EN TU PUNTO DE VENTA!

The Doom Brigade
Margaret Weis and Don Perrin

An intrepid group of draconian engineers must unite with the dwarves, their despised enemies, when the Chaos WAr erupts.

The Last Thane
Douglas Niles

The Choas War rages across the surface of Ansalon, but what's going on deep under the mountains in the kingdom of Thorbardin? Anarchy, betrayal, and bloodshed.

June 1998

Tears of the Night Sky
Linda P. Baker

A quest of Paladine becomes a test of faith for Crysania, the blind cleric. She is aided by a magical tiger-companion, who is beholden to the mysterious dark elf wizard Dalamar.

October 1998

THE DRAGONS OF A NEW AGE TRILOGY
JEAN RABE

Krynn struggles to survive under the bleak curse of Chaos, father of the gods. Magic has vanished. Dragonlords rule and slaughter. A harsh apocalyptic world requires new strategies and young heroes, among them Palin Majere, the son of Caramon. This series opens an exciting page into the future.

Volume One: The Dawning of a New Age
$5.99 US; $6.99 CAN
8376
ISBN: 0-7869-0616-2

Volume Two: The Day of the Tempest
$5.99 US; $6.99 CAN
8381
ISBN: 0-7869-0668-5

Volume Three: The Eve of the Maelstrom
$5.99 US; $6.99 CAN
8385
ISBN: 0-7869-0749-5

RELICS AND OMENS
EDITED BY MARGARET WEIS AND TRACY HICKMAN

The first Fifth Age anthology features new short stories exploring the post-*Dragons of Summer Flame* world of banished gods and lost magic. *Relics and Omens* showcases TSR's best-known and beloved authors: Douglas Niles, Jeff Grubb, Roger Moore, Nancy Berberick, Paul Thompson, Nick O'Donohoe, and more. The anthology includes the first Fifth Age¨ adventure of Caramon Majere, one of the last surviving original Companions, written by Margaret Weis and Don Perrin.